全民微阅读系列

一棵树的风花雪月

闵凡利　著

江西高校出版社

图书在版编目(ＣＩＰ)数据

一棵树的风花雪月/闵凡利著. —南昌:江西高校出版社,2017.9(2020.2重印)

(全民微阅读系列)

ISBN 978-7-5493-5763-5

Ⅰ.①一… Ⅱ.①闵… Ⅲ.①小小说—小说集—中国—当代 Ⅳ.①I247.82

中国版本图书馆 CIP 数据核字(2017)第 215535 号

出版发行	江西高校出版社
社 址	江西省南昌市洪都北大道96号
总编室电话	(0791)88504319
销售电话	(0791)88592590
网 址	www.juacp.com
印 刷	永清县晔盛亚胶印有限公司
经 销	全国新华书店
开 本	700mm×1000mm 1/16
印 张	14
字 数	180 千字
版 次	2017 年 10 月第 1 版 2020 年 2 月第 2 次印刷
书 号	ISBN 978-7-5493-5763-5
定 价	36.00 元

赣版权登字 -07-2017-1035

目 录

一棵树的风花雪月

树不知怎么回事,爱上了一个女人——疯女人。

树叫合欢,细碎的叶,开绒球一样的花,粉红色,像一个梦,似旷野里蒲公英的果实,虚幻着,如一个诺言,或似暗恋,很美好。可它易碎,怕伤。

合欢长在善州的一条大街上。街就叫合欢街。以前街上有很多的合欢。可这儿的人不喜欢它,说它柔,小女子似的,郁郁地阴,就都伐了,只剩了它这一棵,还是一个女子留住的。女子是一个疯子。伐树的那天,疯女子不许市政管理处的人伐。疯女子打伐树人,说树是我的丈夫,我不允许你们把它杀了。谁要杀树,我就杀了谁!

伐树的就笑,说疯女人想男人想迷了,不把女人当回事。女人龇着牙拿着石头过来了,用石头砸伐树的,要撕咬他们。伐树的害怕了,有几个人都被疯女人的石块砸着了呢!他们就对领导说:你看,你看,她来真的呢!这活没法干了!领导看了看疯女人,叹了一口气说:咱怎么能同疯子一般见识呢?等到晚上再来吧!

晚上他们真来了,可让他们想不到的是:疯女人也在。疯女子在树下铺了个草席子,搂着树睡。伐树的没辙了,叫来了领导。领导看了,眉头拧成了疙瘩说:怎么会这样呢?身边有知情的人告诉领导,说疯女人和她的男人是在这棵树下认识的,又是在这棵树下定的亲。后来男人出车祸死了，女人就疯了。女人就把这棵树当成了丈夫，是个苦命人啊！

领导听了没说啥。后来这事惊动了大领导，大领导是县里分管城建的。大领导看到疯女子时，疯女子正紧紧地搂着树，唯恐别人抢走似的。大领导沉思了会儿问：这条街叫什么名字呢？

随从说叫合欢街。大领导说：就是啊，合欢街上怎能没有合欢树呢，不然就名不副实了。留下这一棵吧！

这棵树就留下了，就躲过了斧钺之灾。这棵树不知是感激疯女人还是感激那个大领导。反正这棵合欢树后来长得很旺，树盖也很大，无论春夏秋冬，这儿就成了人们消闲的好去处。当然，树下最好的那一块地儿是疯女人的，就是疯女人不来，大家也都把地方给她留着。

再后来，不见那个疯女人来树下了。有好事者就咕哝疯女人的事，问：咋了，好久不见了？

被问者大吃一惊说：你不知道啊。那人就摇头，很茫然。

被问者唉了一声说：你不知道啊？哎，死了。可怜呢！

被问者说：女人苦啊，想那个男人想迷了，看见车就追。刚开始追自行车，后来就去追汽车，就被后面赶来的汽车撞了。拉到医院里，女人清醒了，女人说，我终于追上他了，我终于能和他在一起了！之后，她就笑着死了。

合欢树这些日子心神恍惚，疯女人不在，树感觉没心似的，就知道，女人肯定有事了。

听了，真的是女人死了，那几天，合欢树非常悲痛。多好的一个女子啊，就是因为爱那个男人，所以把命也丢了。树很为疯女子心疼，所以就无精打采的，病恹恹的。

合欢树一连几天蔫蔫巴巴，惊动了市园林处的人，他们叫来了树医来给树看病。树医五十多岁，带着一副镜片很厚的眼镜，他围着树转了一圈，接着又一圈。他边看边摇头，心想，没什么病啊，第一树上没虫，第二树的汁水很旺。他低头闻了闻树液，没有异味，按他多年的经验来说，树很健康，啥毛病也没有。

没病，怎么会叶子蔫了呢？随行的人说：肯定是有病！树医把头摇成拨浪鼓，问：这树有过什么故事吗？

随从说：一棵树，还能有什么故事？又不是人！

树医说：不要以为只有人才配有故事，有时候，人不如一棵树。

随从不说话了。树医知道自己的话说得重了点，就缓和语气问：我是说，最近有人和这树有没有什么特别的感情？

随从说，对了，有的！有个疯女人死了。

树医问：为什么？

随从说：疯女人常在这个这棵树下住，前几天，女人被车撞死了。

树医点了一下头说知道了。然后，他来到了树跟前，用手抚摸着树，抚摸得很温柔，很缠绵，边抚摸边对树叽叽咕咕地说话。说了好久，之后，专家拍拍树说：我走了。

树好像听懂了树医的话，随风摇了摇自己哗啦啦的树叶……

一个星期过后，树医和原来跟着他的人又来到了合欢街。老远，大家就看到合欢树叶片葱绿。树医很高兴，来到树下，拍了拍树，轻轻地叹了口气说，哎，苦了你！

树随风摇了摇。树医知道，合欢树，已经活过来了。

回去的路上，随从都想知道树医用什么方法给树治好了病，就问。

树医告诉他们：用心。

树医看大家都很迷茫,就揭了谜底:万物都是生灵。树,也是。

武则天的疼

你不认识我?

嗯。

学过历史吗?

学过啊。我的历史学得很棒的。

你知道中国的各个朝代吧?

我张嘴就来:唐尧虞舜夏商周,春秋战国乱悠悠,秦汉三国晋统一,南朝北朝是对头;隋唐五代又十国,宋元明清帝王休。咋样?

哎,没想到历史这样写我。想我大周,那是何等强盛。如今,只是在你们的历史中被一笔带过。

你是大周的人?你是大周的什么人?

我是大周的武则天!

我笑了,说:你知道现在是什么年代吗?现在是中华人民共和国,是公元 2013 年了。你大周在公元 690—705 年,离现在一千多年了!

一千多年,你认为,不可能,是吗?

是啊,一千多年,这根本是两条线,不可能相交的!并且,你还这么年轻,哎呀,绝对不可能!

她笑了：你还是现代人啊，你们都已上天入地，难道时空穿梭还没解决？

我摇摇头。

她长叹一声：你们说你们科技如何发达，你们都已研究出核武器什么的，研究这些有什么用啊？你们其实还不如鬼。

你怎么能这么说呢？鬼是什么？那晦气的东西能跟我们比吗？

怎么？你觉得鬼不如你们人？其实你们那是不理解鬼。鬼是很正义的，也有情有爱，比你们人强多了。看看你们身边那些道德败坏者，你说他们是鬼，那是在侮辱鬼！

我无语，抢白道：鬼中也有恶鬼啊，也有为人所不齿的呀！

是有，但都下油锅了，去十八层地狱了。

我如梦方醒。我知道，我得尽快摆脱这个自称叫武则天的女人，虽然她姿色美丽，动我心魄。我说：你找我有什么事？

是有事，我最近老是心口疼。你能给我看看吗？

你不是有御医吗？你让他们看啊！

我不相信他们。他们每个人心里都有一条毒蛇。

是吗？咋会呢？你看我心里有吗？

你心里没有，你们尘世上的事我看了很多，我发现每人心里都有毒蛇，有的是一条，有的是两条，有的是很多。

这是不可能的，人心里怎么有毒蛇呢？

你不信？

我不信，打死我也不信！

怪不得袁天罡对我说，你们这儿的人都虚伪，每个人内心里不光都饲养着毒蛇，还都患有眼疾。你们的眼睛对什么都视而不见，但只要看到权力、金钱、美女，眼里都放出绿光，狼一样的。

难道你不喜欢权力吗？你不喜欢，为什么要篡李家的江山啊？

什么，我篡李家的江山？我是李家的媳妇，生是李家的人，死是李家的鬼。我替李家当家，这怎么是篡李家的江山啊？

你说你替李家当家，为什么你又改了新国号，叫大周呢？你为什么不接着叫大唐呢？

我那是为了区分。叫周和叫唐就那么重要吗？

嗯。

比让国家强盛，让老百姓过上好日子还重要？

嗯！

她咯咯地笑了：我理解为何那么多大臣反对我做女皇了。原来我认为，他们是看不惯女人做皇帝，现在我明白了，不是这么回事。

是怎么回事呢？

是你们心里饲养着那条毒蛇的事！

怎么说是毒蛇的事呢？

毒蛇在左右着他们。这些他们包括我很信任的那些大臣，有狄仁杰，还有……

你说的那些人都是忠臣。怎么说呢，历史的事，我没发言权。再说了，这是个复杂的世界。你作为女皇，都不能左右历史，别说我这样的草木之人了。

给你说我的心里话吧，我其实是不想当皇帝的。

你不想当？笑话，你不想当怎么就当了？

我也是被逼的。女人本来是主内的，如果我的那些儿子能做皇帝的话，我自己会去做吗？与其一个国家让这些不学无术的败家子们败没了，我为什么就不能当十年给他们看看？

我知道你心里为什么疼了，因为你心里有一股气。那股气，我们叫志气！

志气也是一条毒蛇，它天天在咬着我的心。它让我心疼，让我憔悴，让我发狂。

知道我为什么肚子里没有毒蛇吗？袁天罡这么会算的人没告诉你吗？

她摇摇头。

我说，我肚子里没毒蛇，那是因为我经常吃毒蛇，我肚子里的毒蛇被我的嘴巴吓跑了。

原来是这么回事啊。她如梦方醒。

你掀开你的衣服，我看看你肚子里有没有毒蛇。

她慢慢掀开衣服。她的衣服下空空的，什么也没有，就像一段无聊的历史。

扑　火

我是一只蝶。走向火焰是我一生的目标。

我原是一个卵。父母交配完就把我种在一块长着水草的泥沼里。我就成了一粒卵，和所有的兄弟姐妹一起。我在水中成长，后来，我成了虫。再后来蜕了壳，成了一只蝶。

后来我的翅膀硬了，我就要做翅膀硬的事。首先，我得要找到我的根——就像一粒种子要找到土地，一滴水要找到大海一样，我非常想见我的父母。一些和我一样在泥沼中出生的昆虫对我的想法嗤之以鼻,说我太温情太可笑,并说我们的父母把我们生下就丢在泥沼里,什么时候来看过我们来问过我们?我说你们无情。我告诉他们,我们虽是昆虫,但是有情有义的。我们不能跟人学,人很多时候翻脸无情,还虚伪歹毒什么的。我们要跟羊和乌鸦学,羊知跪乳,乌鸦知反哺,他们都是我们的榜样。好多昆虫面对我低下了头颅。我知道,他们心中柔软的地方开始了疼痛。

我开始寻找父母,我跋山涉水,翅膀飞得酸疼酸疼的。在许多好心朋友的帮助下,我终于见到我称之为父母的那对蝴蝶。

当我见到父母时,他们都在忙着做他们认为有意义的事。那天我刚飞到家,看到有好多的蝶也都飞来了,我姑且称他们为我的兄弟姐妹。他们都飞绕在父母的身边。父母对我的到来没说什么,只是给我点了一下头,算是招呼,接着又忙他们的事了。他们的事说起来很简单,就是去邻居家祭奠一只扑火而焚的雄蝶。这是一只扑了几次都没有成功的蝶,因他扑向的都是隔着玻璃的灯泡。而这次,他扑向的是一个穷孩子的煤油灯。

穷孩子正在煤油灯下做作业,做得聚精会神。雄蝶趁穷孩子太用心的当口,一头扑向那盏灯火。它先是翅膀着了,接着是腿脚,然后是身体。雄蝶的燃烧把穷孩子吓了一跳。当穷孩子回过神时,他已从灯上掉下来,躺在穷孩子的作业旁。穷孩子的字干净漂亮,一看就是个大学生苗子。他想告诉给穷孩子:你不久会是一个大学生。可惜,他的话穷孩子听不懂。还有就是,他想说,已说不出了。

这是深夜,雄蝶的死去没过多久就被别的蝶看到。别的蝶把这消息告诉了雄蝶的家人。雄蝶一家人听雄蝶死在火焰上,高兴坏了。在蝶氏家族里,能死在火焰里是一只蝶的福分,是八辈子修来的。所以当那只我叫母亲的蝶听说雄蝶在开追悼会就忙着祭奠，连我这个亲生的儿子都不愿多亲热一会儿。在她眼里，我的存在，还不如一只死在火焰里的雄蝶的祭奠重要。我不知这是我的福，还是我的疼。

在和父母一起的岁月里，我才知道，作为一只蝶，如能死在火焰里那是一种荣耀，是生命的一种永生。所以千百年来，飞蛾前仆后继地扑向火焰，其实那是他们生命的一种尊贵，一种升腾，就像人在不停追求光明一样，死了，就是英雄，就是烈士，就能永垂不朽。只是，如今的蝶想死在火焰里非常非常艰难，因为人们都用上了电灯，还有，每家的门窗都用玻璃封闭了，对蝶们来说，简直是铜墙铁壁啊！

父母一边不停地给我们制造着弟弟妹妹，一边不停给我灌输"能死在火焰上是一种幸福，是生命的最高升华"的理念。在和父母生活不长的时间里，我的生命里只剩下一个追求：在火焰里永生是我的毕生目标。

我每天除喂饱肚子外就是盼望着天黑。天黑了，才会有灯光。有灯光才会实现我们生命的燃烧。如今人们生活条件好了，家家都购买了空调。门窗在夏日比冬天关得还严实。每天在窗外徘徊时都看到我的好多同类，他们把两只眼睛等绿，也没有等到进入屋子的机会。更可恨的是，很多人家都买了"枪手"之类的杀虫剂，好多的蝶在伺机等待的时候被杀虫剂击倒了。他们没死在火焰上，而死在杀虫剂的香味中。这就成了一只蝶的羞耻。好比战士没死在战场上，而死在了女人的肚皮上。

我绝不做被杀虫剂的香味熏倒的蝶，所以我眼观六路耳听八方。只要一看到那些用双腿走路的人走向杀虫剂，我就赶快飞开。

后来我就急切盼望停电，只要停电，人们一点蜡烛，我就有死在火焰里的机会。还有，在寻找中，我发现，农村停电的概率比城市多个五六倍吧。对于一只蝶来说，这就是命运。相对于人来说，就是机遇。

我就进行了战略转移，从城市撤到乡村，游荡在乡村的天空里，飞舞在乡村的黑夜里。

在乡村，我来到一个叫闵凡利的窗下。我发现，他家里的灯比别的人家熄得晚。夏日一停电，这家伙就会打开窗口，就着蜡烛的光亮，光着膀子写一些他认为能感染人的狗屁文章，看他那正儿八经的样子，说不准一不留心就能获诺贝尔文学奖呢。其实在我看来，他的那些文章狗屁不通。可他很陶醉，每写完一段，就在那里摇头晃脑地读，像老和尚念经一样，笑死我了。

但说起来，对闵凡利这样的家伙来说，能有一个目标让他去奔，他以为是福呢！其实，活在人世的一些自以为是的人，哪一个不像闵凡利一样？

这是盛夏最热的日子，每天我都早早地来到闵凡利这家伙的窗前，我等待着停电。那段日子，我天天念好多遍阿弥陀佛，目的就是让电停了。一停电，闵凡利这家伙才会打开窗子，点起蜡烛。

俗语说心诚则灵，这天，还真停电了。我就见闵凡利这家伙骂了一句脏话，接着点起蜡烛，打开窗子。机不可失，时不我待，就在闵凡利开窗的瞬间，我飞进了他的屋里。

蜡烛的火焰跳跃着，欢快地舒展着身姿。闵凡利看样子写在兴头上，他用手刮了一把额头上花生粒子般的汗珠，甩在地上，然后又继续写他那一文不值的"经典"。这家伙写得很忘我，时而咬咬笔杆，时而双手托腮，呆头呆脑可爱极了。我常反思自己，我本是一个愚蠢的家伙，为追求生命的永生，傻傻地飞舞，蠢蠢地寻找这盏烛火，现在看来，闵凡利这家伙比我还可笑。

烛火在热烈地奔放着，用燃烧显示着他的光亮，显示着他不可一世的生命价值。看到火焰，我说不出的激动，我知道，我马上就要成为蝶氏家族的一个永生的英雄，成为我父母眼中的荣耀和自豪！

我在心里暗咽一口气，义无反顾地朝烛火扑去。没想到啊没想到——这么蓬勃的火焰居然一下子被我扑灭了。黑暗中，我发现，我只是腿脚受了一点伤，伤虽不重，但很疼，钻心地疼。我躺在桌上呻吟着，听到闵凡利这家伙嘴里吐出一串的脏话，当然，脏话是骂我的。接着蜡烛被点着了，光明驱散了所有的黑暗……

闵凡利看到桌上的我。我发现自己正躺在他的一纸文字上。他的那些文字好硬，石头似的，硌得我全身发疼。闵凡利这家伙伸手把我提起来，狠狠地向地上摔去……

就在闵凡利摔我的那一刹那，我猛地发现闵凡利这家伙很像我。我想告诉闵凡利：你也是尘世的一只蝶……

可惜，我永远说不出来了……

苍蝇说

我是父母种在肮脏中的孩子。哪儿肮脏，哪儿是我们的家。当然，肮脏不是出自我们的手，是来自你们尊贵的人类。

我们在肮脏中茁壮成长，肮脏就是我们美好的家园。

后来我就成了一只蛆。我吸收着肮脏里的营养。对于肮脏，我有着独到的心得。你们人认为的东西,对蝇类来说,有很多都是不确切,或者说不适用的。比如说肮脏,对你们来说那是一个讨厌的去处、烦心的地方。但对于我们,那是向往的地方。我们每时每刻都在幻想着,地球如果有一天能成为一个大垃圾场,大污秽地,那该是多美好的事啊!可这一天永远不会到来,因为你们不愿意生活在垃圾中,还有就是真理。你们人类认为的真理,在我们看来是玩笑。说起来,你们人类对这个世界的认识还不如我们蝇类。就说时间吧,你们人类认为时间分过去、现在和未来,说通俗一点就是昨天、今天和明天。可我们不这么看,我们认为时间就是物质,就是一个圆,就像你们磨坊里拉磨的驴,每天都在周而复始地转圈,就像你们的人生。

当然了,我是一只有点思想的蛆,像我这样爱思考的,在我们蝇类家族里比比皆是。我们蝇类是一个爱动脑子的物类。在这点上,我觉得比人类强。你们是贪婪和懒惰的群体,你们的知识少得可怜,现在,你们连自己"从哪里来,到哪里去"还没有搞清,你们还停留在"到底先有蛋,还是先有鸡"的层面。你们的大部分知识来自书本,可我们的知识来自思考。我听你们人常说:"读书使人进步",还有"读书是人类进步的阶梯"等等之类的话,真可笑啊!更有甚者说,"三辈子不读书,不赶一窝猪"。在你们的心目中,猪是最愚蠢的。我告诉你们:其实你们人想错了,猪是世上非常聪明的动物。

当然了,我先是一粒种,后来成为一个蛆。蛆是蝇的幼虫。我的最后是一只英俊的苍蝇。我现在虽是个蛆,生活在污浊中,但我的心灵是纯洁的。我的纯洁就似你们人类常夸的那个周敦颐写的"出淤泥而不染,濯清涟而不妖"的莲。可你们人类不这样认为,你们太急功近利,我和莲同是从肮脏中出生的,你们给予莲的地位是在天上,给予我们的是什么? 你们最清楚!

当然这些都是实话,但实话说多了你们的自尊心承受不了。有时你们太可怜,也太孱弱,免疫力特别低,一代不如一代。说起来,发明创造能促进你们的生产力的发展,让你们更强、更壮、更智慧,可如今你们人类的发明创新却成了束缚你们自己的绳索。比如说空调,因为舒适,它把冬天和夏日都变成一个季节。所以你们在冬天长痱子,在夏天感冒。你们的身体虚弱极了,可怜极了,也可悲极了。

我的身体是很棒的,所有的细菌我都不怕。只要我飞翔起来,我就是一枚子弹,就是一架飞机。我飞翔在蓝天上,飞翔在你们人类的贪婪中,飞翔在你们制造的肮脏中。

我是在肮脏中成长起来的孩子,对龌龊和肮脏本能地喜欢。如果你们人类都纯洁干净起来,我们就没生存的地方。但人类往往只顾外表干净,有的外边穿着西装革履,甚至洒着香水,以示高洁和尊贵,可你们从不顾及内里和心灵。其实真正藏灰的地方是内心。只要把内心打扫干净了,你们会永远洁净。可你们从不爱打扫自己的心田,你们的心里积存着很厚的灰尘,所以你们永远干净不了。

该说说我自己了,我现在已从蛆变成蝇,飞翔在茂密的树林里。我的周围是参天的树木和绽放着芬芳的花朵。当然,我很喜欢这些,这些东西赏心悦目,但不能当饭吃。我的饭食还在人们的龌龊中。

我一路上唱着歌,飞翔在奔向城市的途中。我知道,城市是乡村的孩子,是乡村哺育喂养出来的。可我对城市有点看不起,那就是,城市有点忘恩,丢了奶头就骂娘。他们反过来又厌弃乡村的贫穷和落后。狗都知不嫌家贫,可城市在这一点上连狗都不如。

飞翔真是一件美好的事。我这才知道祖先为什么给了我们一双翅膀。给我们翅膀就是让我们飞翔。在飞翔的时候，我发现了很多有意义的事，作为你们认为是无聊的或隐秘的。我在一个城郊的接合部的工厂的办公室里看到老板奸污了一个女孩。女孩下身流着血，嘴里在叫喊着，我发现很多人都听到了，但他们都很麻木，装着若无其事的样子，继续从事着各自的工作。我狠狠地用腿踢了一下那个老板。女孩哭得伤心而无助，我俯身尝了女孩的血，血很红，是撕裂的鲜血，非常腥。我美美地喝饱了肚子。哎，说实在的，真该感谢那个老板！就因他，我才吃饱了肚子。

后来我继续飞，当然是朝城里飞。现在我已进入城市。城市的外表虽看着干净敞亮，实际上比乡村肮脏多了。看看城市的下水道，哪一个不比乡村脏？

我现在正趴在一个公司董事长的窗口上。董事长的窗口封闭得很好，我们进不去。虽然进不去，可我们喜欢趴在他的窗口上。因为在这儿能看到很多阴谋之类的东西。我以前对阴谋不理解。通过趴董事长的窗口，我明白了：阴谋就是几个人做一个套或几个套，让另外的几个人钻；或几个人合伙挖一个陷阱，让另外的几个人往里跳。我看到董事长正和几个人头低头在做套。这一次他们不知在套谁。不知又是哪个倒霉蛋跌进他们的陷阱。说起来，谁跌进与我有什么关系？我是一个蝇呢！

我在一个垃圾桶里睡的觉。后来被几个捡垃圾的扒拉醒了。我想骂他们几句，但我就着月光看到这几个人都是乡下人，就没把肮话说出口。哎，他们怪可怜的，不像我有翅膀，又不像董事长那样的会做套让人家钻，只有靠捡垃圾生活。说起来，他们和我一样，也是靠肮脏为生的。他们看到垃圾的那种急切和欢喜，和我们蝇类的表情是一样的。

我不想打搅他们，他们是靠着垃圾养家糊口呢。我轻轻地飞走了。飞着飞着，我闻到血的腥甜味，哎呀，太香甜了。我像一个酒鬼向着浓郁的酒缸奔去。

血的味道是从一个豪华的房间里发出的。我看到一个男人正在用面巾纸擦拭着一把水果刀上的血。男人一边擦一边自言自语：叫你离婚，你偏不离。我叫你再缠着我！男人说这话时有点幸灾乐祸，好像在说着一件与他无关的事情。我忙爬上去喝那个女子的血。那个女子的血闻着香，可喝起来却非常苦。我不知道这是怎么回事。

那个男人看到了我，他讨厌我，想用手拍死我，我轻轻一躲飞了起来。我知道，这个男人看着飞扬跋扈，可他马上就要完了，因他的手上沾了血。

第二天，我看到这个城市到处都是身穿白大褂、肩背消毒器的人，原来这个城市在创建卫生城，在开展一次灭苍蝇的卫生行动。看到他们这么郑重其事，我真的很想笑。

我想告诉可爱的人类，想消灭我们并不难，只要你们内心干净了，我们苍蝇马上就会绝迹，在这个星球上消失。可遗憾的是，因你们有欲望，所以你们的心灵永远也纯洁不起来。

蚕逍遥

我是一只蚕。现在，我躺在蚕山上。蚕山是用麦秸或稻草编织的呈"W"状的物件，供我结茧的。我一边吃着桑叶，一边想着要开始吐丝了。静下来想想自己，好像生下来就为了吃似的。从自己是一枚卵，通过光照（或在保温箱里经过恒温）孵化成蚁蚕的那天起，就和桑叶结了缘，一辈子光吃桑叶，一直到吐丝。吃着吃着就明白了，我活着其实就是在做一件事，那就是吐丝。

为吐丝，我必须要做好一件事，那就是吃桑叶。当然，吃，是为了结茧。结茧，就是吐丝。桑叶是好东西，它不光能填饱肚子，给成长提供必须的养料，还能把自己肚里的东西都转化成丝的源泉。它是个好东西啊！

我的一生也就是五十多天。这短短的时间，就是我的一个时代。自己必须要经过从卵到蚁蚕，从蚁蚕到蚕，从蚕到蛹，从蛹到蝶的过程。蝶才是我的成虫，也是我的最后。想想我就笑了，笑自己，就这几天的光景，要走这么多的坎，受这么多的磨难，怎么这么像人生啊！

蚁蚕是我的幼虫（刚从卵中孵化出来蚕宝宝，黑黑的像蚂蚁，身上长满细毛，故称蚁蚕），从蚁蚕到吐丝结茧要休眠四次，蜕四次皮。这只是二十五天左右的时间，除了吃就是蜕皮，我不停地强壮庞大（据说一个要吐丝的蚕的体重是蚁蚕的一万倍），说起来这都是桑叶的营养啊！

　　我感觉吃得差不多了，前几天特饿，那个穿红衣的姑娘虽然一上午来喂好几次，可还感觉饿。我饿极了连桑叶梗子都吃。后来，红衣姑娘嫌一个人择桑叶慢，就叫来那个叫闵凡利的，听说是个写文章的，一起去地里，砍来好多长满桑叶的桑枝，放到蚕薄子上。这下，我们可以大快朵颐了，当然了，我们除了吃就是拉，拉的都是没消化的杂质，剩在肚里的就是精华了。

　　那几天，我们发现闵凡利这个人没事常往蚕房里来，一来给我们喂食，二来呢，我发现这家伙的眼神很特别，说文绉绉一些叫暧昧，说土一些就是眼里面有个扒钩子，反正是特流氓。他看红衣姑娘时，眼里会伸出一只手，在红衣女孩的身上抚摸。后来我才明白，敢情这家伙喜欢上红衣姑娘了。这时候，我发现，闵凡利已和我一样，开始在心里孕丝了，当然，他孕的是情丝。

　　我记得那天我已停止进食，休了一天眠，刚爬到蚕山上。我要开始做我一生中最大的事——吐丝。吐丝就是把我们肚子里吃的桑叶精华吐出来。丝是一桑叶的精华，是一种液体，出了我们的嘴就成了透明的线。我们越吐身子就越来越小，也越羸弱。为保护自己，我们先给自己用丝织一个壳，那壳好似蜗牛身上背负的房子，是我们的保护层。吐丝需要两三天的时间，可对我们蚕来说可是非常漫长。我一边吐丝一边想，难道，我们活着就是给自己织一个壳，把自己圈进去？就像你们人类，小时候拼命地学习礼仪道德，学习生存之道，实际上你们学的就是怎样把自己圈进去、怎样再把自己消耗掉的方法和技巧。

　　我吐丝的时候，一抬头看到闵凡利也在吐丝。当然，他是在给那红衣女孩。他给那个女孩倾吐情诗。在我听来，那是一种麻醉人的谎言。可那红衣女孩很喜欢，她听着闵凡利的情诗，脸上荡起红晕，那含羞的模样柔媚婀娜。我虽是一只蚕，可心里也有些痒痒的。

后来我看到闵凡利去拉红衣女孩的手了。红衣女孩把手放到他手里,非常幸福。真令我羡慕。我就想,闵凡利这样的连个茧都不会结,就可以拉红衣女孩的手,走进这个女孩的芳心。我为什么就不是人呢? 如果我要是,不凭什么,就凭我结的这个茧,这女孩还不得对我投怀送抱?

哎,这就是命。我的壳越织越厚,渐渐地我把自己织进壳里。我把壳当成自己的家。当用最后的一根丝把家门堵上——喧嚣和嘈杂也被我堵在壳外时,我感到出奇地静。哎,劳累这么久,就为自己织一个壳。想想,很好笑。

再可笑,自己的路还要走下去,活到这分上,我知道,自己马上就要是一个蛹了。当然我得脱下这又肥又大又松弛的外衣。脱下这外衣,我才是个蛹。也就是说,我不停吐丝织壳,就为了把自己织成一个蛹。这是没办法的事,这是我必须要走的路、要过的坎。就好比闵凡利后来和那红衣女孩结婚一样,他们组合了一个家庭,后来他们为孩子的事发愁,为柴米油盐发愁,为工作和人民币发愁,他们和我一样,也成了他们自己的一个蛹。

以后的路是什么呢? 自己的这大半辈子,除了吃就是织个壳把自己圈起来,我究竟做了什么? 仔细想,只做了一件事,吐丝——结那个把自己束裹起来的壳。我常常皱着眉头想,难道,这就是人生的目的?

再想想那个叫闵凡利的家伙吧。他开始是上学,后来又写了一些自以为能教育人的一些狗屁文章,其实是满纸的荒唐言。他本是农民,可不会种地,首先他就不是一个合格的农民。后来他又当工人,可不会操作机器。再后来当官,当着当着把自己当腐败了当"双规"并当进了监狱。从监狱出来后,他开始想干些不出汗的活计,想来想去,想到了写文章挣钱。怀有这种心态的人,能写出什么锦绣文章?就算是好文章,连他自己都教育不了,还能教育谁?生在这个浮躁时代的人,哪一个不比他聪明?有时他还自我感觉良好。看看他周围的人,哪一个不比他虚伪?哪一个不比他张狂?哪一个不比他狠毒?

我虽是个蛹,可我很清醒。虽然我把自己圈起来,目的还是为了让自己走出这个壳。我虽是个虫,但我没忘,我是一个动物。

动物最终的目标是什么:那就是繁衍。想到这,已成为蛹的我豁然开朗:原来活着的目的在这儿啊!

我要好好地在壳里修养调整自己。我知道走进了壳里还要再走出来。一个虫能进壳不是本事,关键是要从壳里飞出来。我就想那个叫闵凡利的家伙,光知道写,写那些只有几个和他一样的家伙叫好的东西,实际上,他的那些作品都是文字垃圾,在这个被称为地球的尘世上,一天能生产几列车。他还当宝贝似的,可笑极了!看到他如痴如醉的样子,我知道,他这是进入了写作的这个壳,没有从中走出来。

可我不能像他那么呆傻。上苍就给我这短短的五十多天的时间,在这期间,我还有一件事情要做,无论如何,我要把自己化成蝶。

这是一个艰难的蜕变过程。这次的蜕变和前几次的蜕变不一样:那几次只是休眠一下,褪下自己那越来越小的外衣,而这次的蜕变是从一个虫向一只蝶、是从爬行向飞舞转变,它是质的、是灵魂的转变。这次蜕变是漫长的,需要生命的四分之一的时间,在茧壳里的时间里,我好好地思考了自己今后的道路。我想到了飞翔。啊,那是多么充满诱惑的景象啊。

为了飞翔,为了在天空展开自己的双翅,就是受再大的磨难,值!

　　我刚化蛹时,体色是淡黄色的,通体嫩软,渐渐地变成黄色、黄褐色或褐色,皮肤也硬起来了。经过大约半个月左右的时间,当我的身体又开始变软,皮有点起皱并呈土褐色时,我就将羽化成蝶了。

　　这一次的蜕变让我历尽艰辛,当已成蚕蛾的我啄开茧壳从里面飞出来时,你看到的将是一只飞翔的蝶。当然,我专门飞到了闵凡利的书房,看到该同志正在书房里抓耳挠腮,在为一部作品人物的命运绞尽脑汁,在为那个故事的发展挖空心思。我知道,他这样的人,永远生活在他自己编织的茧壳里,走不出来了……

　　这时身边飞过一只雄性蚕蝶。那是一只英俊的男性,是我心仪的王子,我知道,我得走向他。走向他,我才会交合,才知道交尾是欢乐的,我的生命才会饱满,才会充满光彩……

　　几天后,我产下我的孩子,他们是比芝麻粒还要小很多的受精卵。他们静静地躺在一张纸上,看着他们,我清楚,我的使命完成了。当然,我的生命也终结了;当然,我也很累;当然我真该好好歇歇了。于是,我闭上了眼,我看到了天堂……

芬芳的村庄(四题)

绚 烂

男人第一次见女人的时候,女人那时候还不是女人,还是一掐一汪水的黄花大姑娘。男人走进媒人家的时候,女人正在帮媒人家滚煎饼——就是把玉米面和地瓜面掺在一起,把面和稠些,用手托成球,沿着鏊子的外延往里滚。女人那时穿着花格衣,留着大辫子,弯下腰时,一条辫子垂在胸前,一条伏在脊背上。滚动面球时,女人的面前都是煎饼的水雾气,把脸蒸得潮红潮红的,别有一番妩媚。男人的心一紧。女人用那水雾一样的眼睛瞄了一下男人,接着又滚她的煎饼,滚得很仔细。

那一眼男人就忘不了了。男人在进媒人屋的时候,又回头看了一眼女人。女人那时只顾滚煎饼了,面球滚完了,女人拿着用竹片制成的批子在滚过的煎饼上轻轻地擀薄擀匀。这时的女人已经坐直了腰,透过煎饼的水雾,男人已看清女人的长相:呀,正是他喜欢的那张脸啊!

之后男人看到了女人揭下了她滚的煎饼,啊,好圆,好薄,纸似的。男人想,不为什么,就为女人滚的这一手好煎饼,他也要娶她!

过了好一会儿,女人才进了屋。进屋之前,他听到了女人抽打身上灰尘的声音,啪,啪,那声音好动听,仿佛每一下都抽打在他的身上,他感觉自己的身上痒痒的。女人进屋了,红着脸说,你,你来了?!

他忙站起来,有些慌,说,你坐,你坐。

屋里就他俩。媒人刚才出去了,说是让小秀过来。这样就算是相亲了。

小秀坐下了,两手缠搅着辫子梢说,你,你,你在什么地方干活啊?

男人说,我在供销社里干。

小秀说,那可是个好单位。可我,可我是个农业社的。

男人说,农村的怕啥? 要不是我接了我爹的班,我不也是个农村娃嘛!

小秀说,你是非农业,我却是个农业社,配不上你的。

男人听小秀这么说,忙说,不要这么说,我其实就是想找个农业社的呢! ……

后来男人就娶了小秀。小秀来到男人家和在自己家一样,还是滚她的煎饼。男人就爱吃小秀烙的煎饼。男人吃着那又薄又脆又香的煎饼,说,我之所以决定娶你,就是因为你烙的那一手好煎饼!

女人一愣,女人说,你不是看上我的容貌?

男人说,不是。我见过好几个比你漂亮的姑娘,我一问,你们会滚煎饼吗? 她们都摇头。我就问她们,你们怎么不会滚煎饼呢? 她们说,我们想找个非农业的,天天吃白馒头,就不需要烙煎饼了!

小秀一听,说,你就是因为这个才不愿意娶她们的啊?

他说,是啊,还有比这个更大的理由吗?

小秀说,也是。

男人说，她们不愿意劳动，光仗着自己长得漂亮，就想靠容貌吃白馒头，你想想，这样的女人，我能要吗？

　　小秀想了想说，你说的也是。

　　男人很爱吃小秀滚的或烙的煎饼。小秀每天最幸福的时刻就是在吃饭的时候看着男人津津有味地吃自己滚的煎饼。男人吃得很仔细，就是掉下了个煎饼屑，也弯腰拾起放到嘴里。小秀嫌那样不卫生，就说男人，掉了就掉了，不要再拾了吃，不卫生！

　　男人说，这么好吃的煎饼，我要是这么糟蹋了，可对不起我的秀儿啊！听男人这么说，小秀心里像喝蜜一样甜。

　　有一次，男人吃着小秀刚烙的煎饼，说，你烙的煎饼太好吃了，我爱吃，一辈子也吃不够！

　　小秀说，那我就一辈子烙给你吃！

　　男人孩子样的朝小秀伸出手指说，咱来拉个钩！小秀就伸出了小拇指，和男人把钩拉了！

　　男人说，拉钩上吊，一百年不许变！

　　小秀也说，拉钩上吊，一百年不许变！……

　　后来，男人的单位越来越不景气了，男人脑瓜活络，就先下了海，自己到县城里，开起了商店。刚开始时，男人让小秀去，小秀说家里有孩子，需要她照顾。还有一个最主要的原因，就是她去了县城，就不能好好给男人烙煎饼了！男人想了想也是，就把女人和孩子留在了村里。

　　男人的生意越做越大。开始是男人叫小秀去小秀不去，后来是小秀想去男人不让去。因为，那时男人已经和店里的一个女孩儿同居了。

　　直到男人和那个女孩儿生出了孩子，小秀才知道，男人已经在外面又安了家。

一棵树的风花雪月

男人对小秀说，咱离了吧?！是我对不起你。

小秀没有打也没有骂，只是问了男人一句话。小秀说，你给我说真心话，你是不是不喜欢吃我烙的煎饼了？

男人说，不，我喜欢，我一辈子也吃不够！

小秀说：你既然喜欢吃我烙的煎饼，那你为什么又喜欢上那个女孩呢？

男人红了一下脸说，我，我，我也不知道。

小秀很长时间不作声，之后叹了一口气说，既然你愿离，那就离吧——

和男人离了之后，小秀想了很多。每次想完之后，看看身边的女儿，就唉声叹气。小秀想，也许，这就是命。

是命，那只好认了。谁能挣得脱命呢？怀着怨恨有什么用，那不如就怀着感激吧。小秀就想和男人在一起的日子。忽然想起了一件很重要的事，之后她做出了一个决定：带着孩子去县城。

小秀在县城里靠烙煎饼来养活自己和孩子。每天天不亮，她就早起用电磨磨了粮食，然后再烙。到了下午，六十多斤煎饼也就烙出来了。

小秀卖煎饼不到市场上去，而是去男人现在住的地方去卖。小秀的煎饼很好卖，往往一会儿就卖完了。小秀的煎饼里的原料和别人的不同，她在里面加入了花生和豆子，烙出的煎饼不光吃着香，而且还酥软好咬。

每天男人都是很晚的时候才回来，但是无论多好卖，小秀都会给男人留五六个，而且每天都在门口等着男人，等着把煎饼交给男人再回去。

刚开始时，男人有些不好意思要。男人说，咱们已经离了呀，我怎么能要你的煎饼呢！小秀说，我说过的，我一辈子给你烙煎饼。

男人想再伤小秀的心，就说，我那是说着玩的啊！

小秀说，我可是当真的！

男人不好再说什么了，就把煎饼接了过来。男人要给小秀钱，男人说，你，你也不容易的，钱，你要收下的！

小秀就摇头。小秀说，我怎能要你的钱呢，不问现在怎么样，你毕竟当过我的男人啊！

听了这句话，男人的泪止不住就要流。男人想，有泪也不能当着小秀流，就强忍着，不让流出来。可当他转过身时，泪就再也忍不住了，像决堤的河水，淹没了他……

妩　媚

男人把女人娶进家门的时候，男人的眼里含着泪。男人自始至终都没看女人一眼。的确，谁娶了这样的媳妇心里都不如意。长得矮不说，脸上还有麻子，还是龅牙小眼睛。男人怎能不亏呢！

看看男人的长相吧，细高挑，白面皮，浓眉大眼，要多帅气有多帅气，可偏偏同这个丑女子联了姻。爹说，谁让咱的成分不好呢！闺女虽丑，可根正苗红，正儿八经的贫下中农呢！不然，你连个这样的媳妇也娶不上，打一辈子光棍吧！

爹看儿子还是把头梗着，泪就落了，爹说，你两个哥哪个长得也不比你差，可不是和你一样，都娶了丑媳妇？孩子，就认了吧，谁叫咱家以前有那么多的地呀。这是命啊！

男人只好低了头，认了。这年月，谁能挣得脱命呢。虽认了，可男人不同女人在一个被窝睡觉。女人感觉出来了。女人虽丑一些，可女人不憨。女人精明着呢！在第五夜，女人看着男人又要抱着枕头到地上去睡，女人朝男人跪下了。女人说，娶了我，我知道你亏。可这也不怨我啊！父母给的容貌，不是我做主的啊！

男人的心一软。男人说，你起来。你没有理由给我跪的。女人说，我给你跪，我是想求你应我一件事。只要你应了这件事，以后你做什么事我都不拦你。你就是领着女人到我这个铺上来睡觉，我也不说一句怨言的。

男人说，真的？

女人说，真的。

男人说：你说是什么事吧？

女人说：我要你给我一个孩子！

男人考虑了一会儿，叹了口气说，好，你说的，你可别后悔！

女人说，只要你给我一个孩子，我不后悔！

那一夜，男人上了女人的床……

一年后，孩子降生了，是个男孩。男孩长得像极了男人，女人很幸福。

这个时候，女人耳边听到了男人和别的女人相好的话。有的是别人偷说她听到的，有的是娘家人当着她的面说的。女人心里有泪在流，可在别人的面前她却一个劲儿地为男人开脱，说她的男人她知道，他不是那样花心的人。有一次，男人把一个寡妇领到她床上，被她捉到了。她还是说寡妇你怎么不守妇道啊，他年轻，你怎么勾引他学坏呢！那一次男人本想激恼女人的，没想到女人还是不说他的孬。男人把寡妇撵走了。男人很惭愧，又和女人同了床……

女人虽然丑，可女人的地很肥沃，撒下个种子就收粮食，这不，女人又怀上了。没过一年又生了一个丫头。只是丫头不再像她爸爸，而是像她……

虽然是个丑女儿，女人一样疼。说着就到了改革开放，男人本就是条困在泥潭里的龙,借着改革开放的风,一下子飞腾起来了。男人先做鲜鱼生意,后来又贩卖钢材什么的。到后来,男人成了他们这儿连乡长都奉为座上宾的贵客!

当然了,有钱的男人就想休掉丑女人。儿子不愿意,女儿也不愿意。女人对男人说,我知道你现在是怎么想的。我还是以前说过的那句话,你想做什么你就做什么,我不拦你。就是儿子女儿看不惯你,我也会劝他们的。但你得答应我一个条件。

男人问:什么条件?

女人说:你不要和我离婚。

男人问:你这是为什么?

女人说:不为什么。我就是不想离开你!

男人答应了女人不离婚。女人也真像她说的,把儿子女儿劝了,不再对男人的生活不检点横着鼻子竖着眼。孩子从母亲的嘴里知道父亲心里苦,这么做,是在找平衡呢!

有了钱的男人可是在海里骑自行车——浪疯(封)圈了。不到五十的男人还是保持着以前的身材和相貌,虽然脸上起了些褶子,但比以前更有味道了,所以就很得"徐娘"少妇们的青睐。男人几乎是不归家了,天天在外面当新郎,入洞房。男人快乐死了!

有一句成语叫乐极生悲。男人没想到这句话应在了他的身上。就在男人为他的快乐而美好的时候,男人得了一种病,是一种罕见的病。病是在和他好的一个女人那里得的。那个女人吓坏了,把男人送到医院就通知了女人。当女人来到医院时,看到的是一具只有心在微微跳而其他地方都不跳的"尸体"。女人看着男人,眼里流出了泪。大夫说,这个病,走是早晚的事,早走早不受罪,早走早不糟蹋钱!大家都等她的话,她看着那个给了她一双儿女的男人,说了一句话。她说,就是死也要死在医院里!

刚开始,大家觉得,夫妻一场,尽尽心,情有可原,就依着她。男人挣的钱是不少,可哪禁得起在医院里折腾啊,十天下去,男人挣的钱就去了一半,可男人还是和刚进来时一样,还是睡着不醒。大夫又提醒了:这个病反正是个无底洞,你有钱就使劲往里扔吧!

亲戚朋友就有人开始劝女人了,别傻了,你尽尽心也就行了。你以后还得生活呢!

女人摇了摇头对大夫说,接着治疗!

又是一段时间过去了。男人挣的钱已全部扔进医院了。可男人还是那么地睡着。大夫对女人说,看着你往无底洞里扔钱我为你心疼。俗话说,事不过三,我给你说了第三遍了。这个病除非出现奇迹,否则你就使劲往里扔钱吧!

男人的两个哥哥也劝弟媳,你的心我们也都知道了。我弟这个病是个看不好的病,咱已经尽心了,别再花冤枉钱了!

女人摇了摇头说,不。

男人的哥哥说,你看大夫都说了,看也是白看,咱就别瞎子点灯白费蜡了!

女人说,只要你弟的心还在跳,他就没死,我就给他看!

男人的哥哥见女人八头牛也拉不回,就说,咱丑话说在前头,如果你真想给我弟看的话,我一是没钱,二呢,我也不能在这里陪护了。我在这里陪了这么多天,你嫂子早就说我了!

女人说,给你弟看病的钱,我不需要你们拿一分,就是砸锅卖铁,扒袜子卖鞋,我也不会向你们开口的。

后来儿子和女儿也来劝女人了。儿子说,妈,爸爸这个样子,是好不了的了! 女儿也说,妈,你别再抱幻想了,爸爸醒不过来了!

女人给了儿子和女儿每人一巴掌。女人说,别人说你爹不行了，我不伤心，怎么你们也跟着他们一起说啊！他不管以前做过什么事，可他是你们的爹啊！

两个孩子不跟女人犟，只是说，娘，大夫说过多少回了？爸爸要想醒过来，除非出现奇迹。妈，你相信奇迹吗？

女人说，我相信。你爹不会死！女人说着泪就落了！

儿子和女儿就摇头说娘中邪了！

女人真的中邪了，她对大夫说，你们该怎么治疗就怎么治疗，钱，我给你们筹！

可谁陪护男人呢？找别人，女人不放心。女人就分别找到了男人的两个哥哥。女人说，你们陪护你弟弟，我给你们工资。你们在外面打工一天多少钱，我就给你们多少钱！

男人的哥哥有些不好意思，再说是陪护弟弟，要是拿了这陪护费，亲朋知道会嚼舌头的。女人又说，我也想找别人，但找别人我不放心。我觉得你们是一母同胞，照顾起来比别人用心！

哥哥就去陪护弟弟了，女人每天去借钱。男人在的时候也结交了一些生意上很知心的朋友，听说男人有病了，开始借时，象征性地给一些。后来女人再来借，他们就躲了。

男人还是那么躺着，胸口在微微地跳，说死又不死，说不死又是死的。可女人认准男人能活过来，谁再劝女人都摇头。娘说，孩子，我知道你在乎他，可这病，是好不了的病啊！

女人说，娘，他能好，他会好起来的。

娘说，你凭什么说她的病能好起来啊？

女人哇就哭了，女人说，娘啊，我真的太喜欢他了！

娘给女人擦了泪，娘说，我的孩子，那可苦了你了！

女人看着娘说，娘，他会好起来的！

娘用颤抖的手把自己攒的钱交给了女人，娘说，这是娘的家底子,都给你了!

女人拿了娘的钱,又给男人交上了住院的押金……

说起来这个世上真的有奇迹,直到有一天,男人真的苏醒了。当然这是男人住院后的第八十九天。

女人不相信这是真的。大夫也不相信这是真的。所有人都不相信这是真的,可男人却千真万确地醒过来了……

醒过来的男人明白了自己创造了奇迹。但如果没有女人,十个他也早就成灰了。男人流着泪对女人说,你,你受苦了……

男人出院后,来了个一百八十度的大转弯,和以前判若两人。男人收了心,一心一意对女人好。无论到哪里,男人都带着女人。还有,男人不允许儿子女儿对女人有一点儿不敬。男人到哪里都讲,要是没有女人,他早就变成一抔黄土了! 亲兄弟该如何? 儿子闺女又该如何? 谁同他最近最亲? 是他的女人啊! 男人说的时候眼里含着泪,男人说,我以前太混账了呀!

刚开始女人有些不适应,不适应男人对她这么好。女人说,我是你老婆,我应该那样做的。你还是和以前一样,想做什么就做什么,就是把别的女人领我床上来,我也不怪你!

男人听了这话就把女人紧紧地抱在怀里。男人说,以后不会了,再也不会了。男人知道自己为什么这么说,因为他怀里抱着的是一颗真正爱他的心。

后来男人再看女人,感觉女人哪个地方都美,就是那一个一个的麻子,他也感觉是那么可爱、那么恰到好处。男人看着女人,在心里赞叹着:自己的女人真是世上最最妩媚的花!

缤　纷

男人和女人相识在一个阳光缤纷的日子。

那天男人去阿香面馆吃面。男人来到面馆，在一个有电扇的窗口坐下。他和平时一样，要了一碗面，外带一块大酱肉。当服务员把面给他端上来时，女人来了。女人来得晚，一到这个时候，面馆里就座无虚席了。女人四处看看，就男人的对面还有空位，就对男人一笑，说，有人吗？我可以坐在这儿吗？女人的声音很好听。男人忙点了头，点得很慌，唯恐女人不坐这儿似的。女人坐到了男人的对面，冲着男人一笑，男人也回了女人一个笑容。女人忙放下包，去拿了一些雪菜咸菜什么的，女人风风火火的，不像男人那么从容。

男人们一般吃相都不雅，都是饿死鬼托生，狼吞虎咽，他也不例外。可女人坐在了对面，男人就开始文雅了，一小口一小口的，小心翼翼的，特绅士。女人的面也端上来了，面上摆着一个荷包蛋和两根海带。女人把碗拉到自己的跟前，女人要的是小碗面，女人发现男人在看她碗里的面，就给了男人一个笑容，然后开始吃了。女人吃饭很小心，她手里攥着面巾纸，吃一口就按一下嘴角，生怕吃了口红似的。男人看女人还这么爱惜着自己的美，就想这举动真和女人的年龄不太相符啊。

女人虽然穿着很得体很新潮，但细一看，女人的眼角也打伞了（打伞是这个地方的土语，是有鱼尾纹的意思）。

男人觉得自己有些拿捏，可女人坐在对面，不拿捏不行，男人的头上冒汗了。当然了，这是个容易出汗的季节，阳光像盛开的花朵，热烈而张狂。女人的头上也出了汗，开始是细汗，后来细汗很快就长成了肥硕的珍珠，活在了女人的额头上。

这时，女人的手机响了，铃声很好听，是《香水有毒》里的歌词。男人听过这首歌，男人以前的女人用的就是这个铃声。后来，那个曾经属于他的女人就不再属于他了。每当听到这铃声时,男人的心都会一震。

女人一边吃着一边打开了手机,喂了一声。接着男人就看到女人的面色变了,用花容失色形容很恰当。男人就听见女人说,你先去,我马上赶到。然后,她收起电话,放下筷子,拿起包就快步地离开了,快得像一阵风。

男人知道女人肯定有事了,不然不会这么快离开。男人慢慢地吃着,想等着女人回来。服务员几次要收拾女人的饭碗,男人都拦住了说,也许她快来了呢!

女人一直没有回来,服务员有些不高兴,就说,又丢了一碗面。男人先交了自己的钱,看面馆的老板和服务员这么说,就从钱夹里掏出五元钱,替女人垫上了。

之后的很多天,男人还是去阿香面馆吃饭,可再也没有遇上女人。

之后男人出了趟门儿,到外面去了一趟。其实他是去与自己以前的女人办离婚手续的。他没有说她也没骂她,好合好分。

回来已是半个月后的事了,男人又到了阿香面馆吃饭,没想到女人早到了。还是在那个电扇下,他们原来坐的位子上。女人看他来了,就笑着对他点了点头。于是他们又坐到了一起吃饭。面吃完了,要结账了,男人去结。老板说,你的账已有人给付了。他问谁?老板指了指女人。

他说什么也不能让女人给他付钱。区区几块钱,他不能欠这个人情。他要老板把女人的钱退给女人。这时女人过来了,说,允许你请我,就不允许我请你吗?

男人怎么也想不起来他请过女人。女人说,也就是半个月前,我坐下刚想吃,接到我孩子得了急性阑尾炎的电话,我把碗一丢就走了,不是你给我结的账吗?男人这才如梦方醒。男人说,这个事儿，我早就忘了，你呀，咋还记得这么清楚啊！

女人说，我第二天来这里交面钱的时候，老板说我的面已经付过了。我问谁，老板说是你。

男人说：她们做个小生意，起早贪黑的，不容易，所以我替你垫上了。换了别人，我会一样做的。

女人说，你真是个好人。

男人听女人这么说，心里一下子流泪了。他在心里暗暗问自己：我这样的，连老婆都飞了，能算好人吗？

两人就这样熟识了。再往后，有时是男人结账，有时是女人付钱。每到吃饭时，男人都先到阿香面馆去，去占吊扇下的那个位子，然后也把对面的位子占下。他知道女人爱吃什么，就让老板给女人盛好，放在她的位子上，晾着。女人有时是匆匆地来，又匆匆地走。交往这么长时间后，男人才知道，女人在一家保险公司做推销，丈夫两年前遭车祸走了，目前她自己带着一个女儿过。当然，女人也了解男人，男人现在在一家文化公司做文案，妻子红杏出墙，同一个包工头好，被他撞见了，不久前，他们离了婚。有过痛的女人，是值得人疼爱的。有过伤的男人，也同样唤起女人心中的怜惜。

男人和女人就像两个走在寒冬的旅人，背靠着背取暖。同是天涯沦落人，两人就相互关心着、温暖着。有时女人不来了，男人就会很失落。有时男人出差了，女人就会怅然若失，那几天心里就会灰灰的，很空。

男人就想：难道，我是喜欢上她了？

女人在夜深人静的时候就想自己和男人从相识到熟悉，一直走到现在。女人想，怎么自己会这样呢？男人在自己心里咋就占了这么大的空间呢？难道，我……

一棵树的风花雪月

女人不敢想那个字,那个字她感觉离她太远,却又非常近。女人知道,男人是个好人。这年头,什么都不缺,就是缺少好男人……

一这样想,女人的心里就泛出羞意,脸上就会热,就会有红晕出现。女人就偷偷地说自己:你没羞啊,你想男人了……

炎热的季节过去,转眼天凉了。这个季节是个收获的季节,男人和女人也知道,她们之间的相互惦记和牵挂也该收获了。

那天也是在阿香面馆。还是男人先到的。女人急匆匆地来了,坐在了男人的对面。男人看着女人,心想,还是得向女人表白。男人就说,哎,给你说个事,你给我参谋一下。女人问什么事啊?

男人的脸红了。男人咳嗽了一下说,是这样的,我的一个长得和我一样的朋友,喜欢上一个和你长得差不多的女子。朋友很喜欢那个女子,想向那个女子求婚,可朋友很爱面子,又怕女子拒绝他以后会疏远他。你说,我的朋友他该怎么做啊?

女人知道男人为什么这么说了,女人的心颤抖了,颤抖得好甜蜜。可女人毕竟不再是女孩子了,是不会把欢喜写在脸上的。女人就很真诚地对男人说:假如你的朋友真的喜欢那个女子,那就向她求婚。说不定,那个女子也喜欢你的朋友呢!

男人就选择了一个秋高气爽的日子约女人到了一个诗情画意的地方,也就是他们这个城市的公园。男人牵着女人的手,男人说,我们要是这样一辈子牵着手走,你说好不好? 女人说,不好。男人问,为什么? 女人说,没有人做饭吃会饿坏的! 男人知道女人是在逼他的那个字呢。男人想,该说那个字了。男人就对女人说,嫁给我,好吗?

男人只是把女人的手攥得更紧了,转身把女人拥在了怀里。

男人说,那个字我不说,一辈子都不说。我只用的我的行动来诠释,好吗?

女人点了点头。点头的时候,女人发现,她头上的阳光像一场雨一样弥漫了她。女人就想起她第一次认识男人的天空,太阳也是这么朗朗地照着,绚烂而缤纷。

芬　芳

女人从地里刚到家门口,就看到了停在院子里的摩托车。

摩托车是男人的,还是和一年前一样新。女人心里一阵激动。她当然是心慌,慌里有些恨,也有些盼望。男人自从和那个女人好上以后就很少回家,没办法,她同男人离了。

男人正在屋里同女儿说话,女儿在做作业。男人问一句,女儿答一句。女儿态度冷冷的,爱理不理的。男人知道女儿为什么这样,他为了另一个女人把她娘俩都丢了,女儿不照脸扇他就算很给他面子了。

男人见女人进屋,忙站起来,讪讪地说,你去地里了? 男人的声音怯怯的。女人抬头看了一下男人,这个男人以前属于她,可在两年前,这个男人却属于别人了。男人的头发乱乱的,胡子拉碴,脸也不像以前那么红润那样容光焕发的,而是有了些蜡黄。女人本来想骂男人的,骂歹毒的话,不多,几句也行。可女人没有出口。看到男人的样子,女人有些心疼,隐隐地疼。女人想男人和自己在一起的时候,哪这么狼狈过? 在女人心里,男人就是自己的责任田,她侍弄得眉清目爽。家里的地里的活儿她从没有让男人伸过手。在家里男人穿得干净清爽,就像是做客。有时男人想伸手做点什么,女人不让。女人说,我是你老婆,老婆是收干晒湿的,就是顾家里顾地里的。

男人在县城里做着小生意,生意不是很挣钱,凑合着过的那种。开始的时候女人不知道男人在外面有人了,这样的事往往女人是最后知道的一个。有好心的邻居就告诉她,外面乱,男人在外面,要当心！她说,他不是那样的人。她相信他,他不会背叛他,她对他放心。自己的男人,有什么不放心的呢？可后来她感觉出来了,先是从那个事上。以前男人一个星期回家一次,有时还要长,一到家的时候就黏着她,要她,很馋;可后来,男人不那么馋了,她要的时候他才给。开始的时候她以为男人累了,在外面挣钱养家的男人,哪有不累的？就没太在意;再后来,男人回家不像以前那么勤了,有时到了家她要的时候,男人有些不想给。即使给,也有些力不从心,偷工减料似的。她也没往心里去。自己的男人嘛,不能什么都那么贪。挣钱了,再要快乐,自己太不该了。可后来,男人来家里给她摊牌,她才明白过来。

男人先给她道歉,说自己对不起女人。之后男人说得很坚决,说你离也好不离也好,我的心反正都在她身上了,反正我不愿意同你在一块儿过了。女人那个时候一下子傻眼了。女人没哭也没闹,只是狠狠地抽了男人两巴掌。男人没动,男人就那么伸着脸让她扇。男人看女人不抽了,长出了一口气。男人之后就骑着摩托车走了。走的时候男人说,什么时候办手续,我等你的信儿。

她不吃不喝地睡了一天,之后,又睡了一天。第三天她就睡不下去了,她感觉心里好空,空得她难受。豆地里的草该拔了,地瓜秧也该翻翻了。她就去了地里,和那些庄稼在一起,才感觉自己心里不空。在地里久了,她就感觉自己也是一株庄稼了。

之后男人回来了，男人问她想好了吗？她说想好了。她说，我要女儿跟我。男人说行；她说这个家是我的命，我不能离开。男人说行，离婚不离家；男人说，只要你愿意离，我什么都答应你！我反正在城里和她在一起，这个家都是你的。

话都说到这个地步了，女人知道男人不爱她了，心里没有她了，那自己还死要着那个婚姻有什么意思呢。手续就是一张纸，很好办。签个字，摁个手印什么都结束了。她就和男人去县城办了手续。

临分手时，男人说，我没想到，手续会办得这么顺利。女人没有说啥，只是眼里的泪要止不住地往外流。

看到女人的眼泪，男人的头低下了，对不起，是我对不起你！

女人擦了泪说，这个时候，说这些话还有什么意思呢！

男人说，你还有什么需要我做的，你说，我答应你！

女人想了想说，我想再扇你两巴掌！

男人想也没想，就把脸伸了出去，当然男人的眼是闭着的。

女人把手举起了，后来又放下了。女人长叹了一声。

男人睁开了眼。男人问，怎么了？女人什么也没说，转身走了……

女人是刚从玉米地里回来的，玉米地里有些草，女人去薅草了。玉米现在正是灌浆的时候，女人身上就都是玉米的味道，清清凉凉的香。男人抽搐了一下鼻子问，玉米灌浆了吧？女人不想理，只是用鼻子嗯了一声。男人有些局促起来。虽然这里曾是他的家，可现在不是了，是女人的家了。女人是这里的主人，他是客人了。男人如坐针毡。女人的眼睛虽没看到，其实心里已经感觉到了。女人有些可怜男人了。不管怎么样，他毕竟当过自己的男人,给过自己很多的快乐和美好的时光啊！女人的心一柔,轻声问,听说你的生意亏了？男人点了点头,脸上都是痛苦。女人长叹一声说,钱财身外物,只要人平安,就不算亏！

男人的头低着,双手插进头发里,无颜见江东父老的样子。本来女人想再说男人几句的,看男人那个样子,想,算了,老天已惩罚他了。老天是最清楚的,什么也瞒不过他的眼。做错事,他就惩罚你,当然,时间也许早,也许晚。

女人的心软了下来。她了解男人的脾性,要没有很要紧的事,男人是不会到她这里来的。他又说了一些别的话,当然是一些女儿的事。最后男人沉不住气了,小声说,求你一件事。

女人没有吭声。男人知道女人在听着呢。男人说,她快要生了……我想,我想……我想让你去侍候她！

男人说完眼巴巴地望着女人。女人听了这话心里一紧,她想狠狠地骂男人几句。女儿在跟前,她没有张口。男人说,她是个外地人,在咱们这儿没一个亲人。我想了想,只有你最亲。所以就来求你了！

女人听了心里一阵哆嗦。是啊,男人自从同她离了婚,没有人理了。亲戚邻居都说男人没人味儿。男人说,你知道,要是有一点办法我是不会求你的,我知道你的心好。男人说着,眼里流出了泪。

女人的心一酥,在心里骂了一句,小冤家啊！可女人还是开始为那个女人担心了。无论如何,都是女人。生孩子是女人的生死关头,这个时候最需要人啊！再说,那个女人在这里又举目无亲的,谁能帮她？她替男人和女人想了想,也只有自己了！

女人就想现在挺着大肚子的那个女人。是的,刚一听说她和男人好的时候,她连杀她的心都有呢!可如今,不知怎么回事,她却在为那个女人担心。她也不知道这是怎么了。是啊,男人不来找自己找谁呢?

女人问,还有多长时间生?

男人说,就在最近几天。

女人问,谁在家里照顾她呢?

男人说,没人,她一人在家。

女人急了,说,这个时候怎么能让她一个人在家呢?要是出了意外怎么办?

男人说,你答应了?

女人唉了一声说,也许,我是前世欠你们的吧!

男人说,那,那咱走吧!

女人点了点头,然后说,你稍等,我出去一下。女人说着出去了。没一会儿,女人回来了。骑着的自行车的前车筐里放着一包东西。

男人问,你干什么去了?

女人说,我安排了一下女儿的事,然后去了趟地里给你掰了几个你最爱吃的嫩玉米。你看,现在正灌着浆,好嫩呢!

看着女人手中的玉米,男人闻到了玉米的香味。那香味是那样醇郁。他知道,那是乡村的芬芳。

泪不知不觉从男人的眼里流了出来,像这个季节的梅雨。

脸上露出幸福的笑容

老汉一笑起来，沧桑的脸就像岁月开出的花。老汉一大把年纪了，该经历的都经历了，风了，雨了，苦了，忧了，所有这些都蕴在了这花里。这花就有了内容，就像陈年的老窖，很浑实、很醇厚、很耐嚼。

老汉抽了口烟，想想过去，跟在眼前似的。光腚时的乐，入洞房时的羞，添子时的喜，当公爹时的板，一一呈现出来。老汉就想老一辈人常说的话：人是苦虫，到世上就是来受罪的。这话前几年他琢磨着真对，说到点子上了。想想自己所经历的事，战乱了，挨饿了，出的苦力，流的黑汗，哪一样不是苦，不是像牛一样在不停地蹬拉？即使那样拼死拼活地干，可饱饭还吃不上几口，新衣穿不上一件，今年穷，明年还是穷，年年一个样，奶奶的，白过了！从哪年开始呢，噢，想起来了，开了十一届三中全会那年，生产队里把地分了，把什么都分了，家里开始变样了，一年一个样。先把草屋换成了砖瓦屋。搬进新屋的那天，他还清楚地记得，那砖房真宽敞，真明亮。奶奶的，以前村里地主住的房子也没这房子亮堂，你看这窗子多大，这玻璃多透明，就像什么也没装一样，现在的人真能，奶奶的，能死了。老汉知道自己一高兴就说奶奶的，这是口头语，但觉得自己这样不好。遇到晚辈说奶奶的，人家可原谅，不一般见识，可遇到平辈，人家还不烦死了！这毛病不好，得改！老汉就暗暗地下决心，奶奶的，得改。

从住上了新房的那天起，老汉就觉得自己像地主一样，以前的地主才住这样的房子呢！老汉想，今天我也住上了，看来我也成了地主。以前受的那些苦，值！老汉想，你看这屋，铁壳似的，住个十辈子八辈子绝对住不倒，真的，以前他住的土墙的草屋不是他爷爷交给他父亲、父亲又交给他的吗？住了好几辈子。这瓦屋住个一百年绝不成问题的。谁知，没几年，瓦屋又不行了，村里人人都盖了楼房，奶奶的，楼房是你们住的吗？从前七品以上的官才配住楼。小二孩也沉不住气了，有了两个钱，烧得睡不着觉，就把住了没几年的瓦屋拆了。拆得真可惜，他心疼了好几天。小二孩这几年养山羊，几百只地养，一年赚个两三万块，像从锅底里掏芋头。小二孩说盖就盖，从城里请来建筑队，一个多月房子就盖起来了。哎，这楼房真气派，听小二孩说叫将军楼。他只当了几天兵，就住将军楼，烧包死他了！

说起来，这楼比屋好多了也方便了，不说别的，就说晒粮食，以前用镰割麦子，再用打麦机打，然后在场里晒，可现在，用收割机把麦收了直接运楼顶上晒，从收到入仓不落地，不沾一粒土。不像以前，土里拌雨里淋的。还有，现在的麦子粒粒都饱满，个个像子弹，黄澄澄沉甸甸，面也出奇地白，雪似的。不像以前的麦子，瘦得像麻雀舌头，打面净出糠。

想想过去，再看现在，日子过得似神仙，以前做梦不敢想的，现在都轻巧地办到了。就说看戏吧，过去一年到头除了过年那两天能看上，还得跑上十里八里去镇上戏园子里看。现在好，小二孩买了彩电、影碟机，把戏园子、电影院都搬家里来了！想看京剧看京剧，想听梆子听梆子。奶奶的，真过瘾！

哎，这叫什么来着？以前说的共产主义社会是楼上楼下，电灯电话，自来水管大喇叭。现在，做饭也不烧煤了，更别说柴火了,都沤肥了。现在烧的叫煤气,一小罐能用一个多月,想什么时候用就什么时候用;还有洗衣服,再多的衣服放进个箱子里,只一会儿就洗完了,你说人怎么这么有能耐呢?这么个能法还了得?小二孩这小子还不满足,说咱这算什么,存款还不到八位数呢!还没有小车呢! 这小子有野心呢!

这段时间我就纳闷,咱现在是不是到了共产主义社会。村主任说不是,说是小康,说以后的日子比这还好呢! 还能怎么个好法?你看现在顿顿都是白馍馍,有肉有鱼的,那以后还能怎么个好法?

想了好大一会儿,老汉也没想出来,老汉就又笑了,奶奶的,费那劳什子劲干啥? 走,回家听两段去。

老汉就丢了烟,哼着二黄,回家去了。

完　了

张山和李珊是两口子。两人结合很久了,久得两人都把日子过成了白开水,平平淡淡,无风无火。

张山是一个部门的科员,整日碌碌无为,时间相对很充足,充足得让他难受。张山就想换种活法,张山想活得开心一点、充实一点,在朋友的鼓动下,张山到了网吧。

张山迷上了网,成了网虫。

开始,李珊还能忍受。可后来,张山一门心思都在网上了。李珊虽是淑女,对张山也有了看法。看法归看法,李珊想,如若家里有电脑,张山就不会这么下了班不顾家了吧?

李珊想错了。自从家里买了电脑,张山迷得更厉害了。只要下了班,张山就端坐在电脑前,一直坐到深夜,都深到第二天的黎明了。

李珊就烦。李珊想,网,难道真的这么有诱惑? 自从张山迷上了网之后,他们夫妻之间温习功课的时间和次数越来越少了。

李珊就决定到网上看看。一上,李珊才明白张山为什么痴迷网络。看来不怨张山,是网络太美妙了。那真是一个缤纷的世界啊!

结婚这十几年来,两人的日子过得水波不兴波澜不惊,就连夫妻之间温习功课也都平淡潦草,缺乏创意和激情。上了网后,李珊才发觉她为得到淑女这个美名把自己活得太拘谨太老实了。李珊这时才明白,这样活太亏了。其实,她内心一直有个想法在活着。

李珊就想把这个想法活一次。当然活是在网络上,与现实无关。李珊很明白,网络虽然很方便很快捷,但那毕竟是一个虚拟的世界,人人都说真话,其实都是戴着面具在说。网络说到底是一个假面舞会啊! 进入到电子时代,人们越来越空虚孤独,急于找一个可以倾诉的对象,吐吐自己心中隐藏的苦与忧,使自己轻松。可人们就是不敢对身边熟悉的人说,一说,就把自己暴露了,就把自己的破绽露出来了。有了网络,人们就放心了,就可以把自己心里的苦闷什么的发泄出来,丝毫不加设防,因和你在一块面对面聊天的是素不相识的知心人。

李珊起了一个网名"空闷孤独的嫦娥",进入了聊天室。刚进入就和"月宫里伐桂的吴刚"聊上了。李珊把她的苦闷及她的一切告诉了"月宫里伐桂的吴刚"。"吴刚"也把他的一切告诉给了她,并把他现在苦闷的原因告诉给李珊,并说自己现在整天想找一个可倾诉的人述说,因为他对妻子完全失去了兴趣。李珊也说,她对丈夫没信心了。她说了丈夫一卡车的缺点。她说为了名誉,她必须要维持,真累啊!"月宫里伐桂的吴刚"也说妻子没激情,并把他妻子的缺点及毛病说了一火车。最后他说,我这是在忍受啊。两人大有相见恨晚之势,并约定,明晚八点,继续在聊天室里,不见不散啊!

第二天,李珊吃过晚饭就对张山说她要去看个女朋友。张山巴不得她赶快走呢,就忙说去吧去吧!

李珊其实是去了网吧。"月宫里伐桂的吴刚"正在网上呼她。"吴刚"问她为何来得这么晚?李珊说,家里有点事。两个人就开始聊,越聊越想聊,越聊越投机。"吴刚"说,我真想长了翅膀,马上飞到你身边,见到你,拥着你。李珊说,我也是。李珊就问"吴刚"家在何方?"吴刚"说了一个城市的名字,李珊问,你真是这个城市的人?"吴刚"说千真万确啊。李珊说我也是这个城市的。吴刚不相信说李珊骗他。李珊说真的。吴刚说,在一个城市里,那咱们就见个面吧?李珊说好啊。两人接着就约了时间和地点,也就是明天上午十一点在他们那个城市的文化广场东边的红玫瑰咖啡厅见。届时,李珊拿一本她最爱看的《知音》,"吴刚"拿一本他最爱看的《杂文选刊》。

第二天,李珊按时到了红玫瑰咖啡厅,红玫瑰咖啡厅里人很少,在她与"吴刚"说好的那个位子上就有一个人,咖啡桌的边上摆着一本《杂文选刊》。那个人不是别人,是张山。

李珊看是张山时一下子呆了。张山也是。张山看到了李珊手中的《知音》杂志。他什么都明白了。他的脸就红了。但他还是说了,怎么,你是"苦闷孤独的嫦娥"?李珊有些不自在。李珊知道自己没必要隐瞒了,就说,你是"月宫里伐桂的吴刚"? 张山就笑了。张山笑得很假。张山干笑了几声,说咱们回家吧!

两人就回家了。在路上,两人一言不发。回到家时,李珊说话了。李珊说,张山,没想到,网络这么有意思。

张山说,是有意思。

李珊找不出话了。李珊就觉得张山越来越陌生,越来越不认识张山了。

李珊就问,张山,你怎么有点不像你了?

张山知道李珊为什么这么问,就说,李珊,我不知道。

张山其实心里明白得很,他已清醒地意识到,她们的缘分到头了。

提出分手是张山开的口。这是两个月后的事了。张山说,李珊,你别再折磨自己了,咱离了吧!?

听到这句话的时候,李珊想哭,就有泪流了下来,湿了脸。

张山说,别哭,哭啥呢? 张山就替李珊拭了泪。张山有一请求,想再和李珊温习一下他们的功课。

没想到李珊同意了。

那次的功课做得意想不到的好。张山意想不到,李珊也意想不到。做完后,两人都长出了一口气。

接着,就各自收拾好自己,走开了。

那时,太阳在天空朗朗地照着。

谁把我的门开了

　　首先告诉你，我是一个仓库看管员。我的工作很轻松，除了材料、成品的入库和出库需要填写进出单外，剩下的工作就是把仓库的门看好。仓库的门其实是很好看的，只要你把一颗心放正，心正了，那就是一把锁，是仓库的一把结实的锁。这些年来，我一直把心放得很正。因为我知道，我这人没什么技术，又没背景，人又不灵活，还不会拍马屁，仅有一颗正直的心。我有时都为自己捏把汗，我常想，若我们这个厂子不要心正的人，我下一步找口饭吃都难。

　　二十多年了，我和这座仓库结下了不解之缘。一天不见，心里慌慌的。我喜欢仓库里的那股子说不上是霉味还是产品味的气味。一日不闻，心里就空荡荡的，难受得很，就像很多天没要女人似的。老婆说我是爱上仓库了，和仓库有恋情了。我说仓库又不是女人。老婆说了一句很让我受听的话，她说，多亏不是女人，要是女人，你早就把我甩了。

　　可就在最近这段时间，我看管的仓库门接二连三地在夜间被人打开了。今天我一进厂门就被叫到厂长办公室。厂长说，你这个看门的是怎么回事，仓库又有人进去了。我知道又有人进去了是什么意思。厂长说话艺术，常把很严重的问题说得很轻。可我却没有认为轻，轻了厂长就不找我谈话了。厂长是什么人，是我们这厂的最高领导，是日理万机的人。厂长找我谈话，这说明已是非常严重的事了。我说，厂长，我走的时候都是把仓库的门锁得好好的。厂长说，你真锁得好好的？我说天地良心，真的锁得好好的。厂长说，这么说我是冤枉你了。我说哪能呢，你是厂长，你永远是正确的。厂长说，这样吧，你随我去仓库看看，看看你就知道了。

我就随着厂长到了仓库，库门就像诸葛亮唱的空城计，洞开着。我说这是怎么回事？厂长说，我正要问你呢。我说，我昨天下班时把门锁得好好的，怎么会没锁呢？

厂长问，这是第几次了？我说是第三次了。厂长说，我都不想说你了，该说的我在前两次都对你说了。我说，厂长你千万别这样，你还是该说的说，你要是不说我可就坏了。厂长说，我要是再说你，我的厂子可就坏了。你坏只是你一个人，我要坏了可是这个厂子啊。咱这厂二百多号人，二百多号人将要因为你而坏了。我说厂长，我该怎么办？厂长说，很好办，下岗。

我说，厂长千万不要这样啊，我老婆下岗了，我再一下岗，我家的日子怎么过呢？厂长用手一指厂子上方的标语：今天工作不努力，明天努力找工作。我说，我知道。厂长说，你知道还要我说什么？我说，厂长，再给我一次机会吧！

大伙一看，都替我求情，说，厂长，再给他一次机会吧。不论怎么说，他在咱厂二十多年了。没功劳也有苦劳，咱们厂不能太没人情味了呀！厂长想了想说，好吧，就再给你一次机会，如再出现这种事情，就怨不得我了！我说，如果再出现这样的事，不用你说，我会一言不发，主动走！

接着厂长又问我，谁还有仓库门上的钥匙。我说，就两把，你一把，我一把。厂长说，你还怀疑我？我说怎么会呢，打死我都不敢。厂长说，我是说，除了你我，谁还有库门上的钥匙？我说没有了。厂长说,你再好好想想。我说,不用想,就这两把钥匙。厂长看着我,好像不认识我似的。厂长说,我知道了,我知道了。我问厂长,你知道什么了?厂长说,你说我知道什么了?

进了仓库,我就仔仔细细想所有与我接触过的人。库门的钥匙就在我腰带上挂着,除了睡觉我就好好看门,钥匙一直没有离开过我的身。再说了,我这人不爱喝酒,不热扎堆,下了班就回家,天亮了就上班。我这一辈子就是两点一线,仓库到家里,家里到仓库。

我把脑袋都想大了,就是没想出钥匙什么时候离开过我的身。一共两把钥匙,我这边没问题,会不会是厂长那边出了问题呢?一这样想,我猛地清醒了。在我们厂,谁不知道厂长是个吃喝嫖赌抽"五毒"俱全的人呢?和我们厂里很多女的都不清不白的。往往和他好的女的说不想在二线上干了,想进化验室。过不了两天,和他好的那个女的准会进化验室。看库门的差使会不会是厂长的另一个相好的看中的呢?这样一想,我豁然开朗了:敢情这是厂长下的一个套,让我钻啊!

厂长啊,你也太小瞧我了。有些事我虽然不说,可我不是憨蛋啊。你如果把我当憨蛋待,你也就太愚蠢了!

在下班时,我把门锁得结结实实。之后又检查了一遍。然后我喊办公室主任来看了。我说,主任,我把仓库的门锁好了吧?主任看了说锁好了。我说,你再看看,锁好了没有?主任说,你这人有病,明明锁好了一个劲地让我看,你什么意思?我说,没意思,关键就是让你看看我把门锁好了没有。主任说,锁好了,锁好了。我说,好了,只要你承认就行!

回到家我越想这事内里越有弯。库门我锁得再好,厂长也能开,因为他有钥匙呀。躺在床上,越想这事越觉得里面有阴谋。

我非要弄明白不可。于是,我就起来了。老婆问我干啥去,我没对老婆说。这事八字还没一撇呢,是不能对外人说的。我直接去了仓库,我去的意思就是要守株待兔。等抓到那个偷开库门的人,看他厂长还有何话说。

外面的夜真黑,黑得我真有点像个地下工作者。这事真的很刺激,进大门时,我把脸一蒙,看大门的以为是上夜班的,连看也没看,让我进去了。

我就向仓库走去。来到仓库跟前,我发现库门又开了。我想到里面抓个现行,进门一看,厂长正坐在里面。我说:厂长,你怎么来了?

厂长说:我正要问你呢。

我说:我是来抓开库门的人的。

厂长说:我也是来抓开库门的人的。

我问:你抓住了吗,厂长?

厂长说:你给我装啥呢? 你不就是吗?

我说:厂长你弄错了,我也是来抓开库门的人的!

厂长说:你再编。我亲手抓住你了你还不承认?

办公室主任这时像鬼一样出现在了我的面前。主任说:我说昨天下班时你一个劲地让我看库门锁好了没有,还让我承认看到锁好了。我当时纳闷,原来偷开库门的是你! 你是监守自盗,贼喊捉贼!

我说:你们听我说,你们听我说好不好?

厂长说:我都亲手抓到你了,你还说什么? 你还有什么可说的?

我说:我就不说了。厂长说:你说呀,谁不让你说了?

我说:我说什么? 我说什么呀?

厂长哎了一声,说:我早就知道你这个人经常在深夜光顾仓库的,本不想揭穿你,可你这个人呢没自知之明。

我说:厂长,我怎么办呢?

厂长说:你是梦游症患者,你已不再适合看管仓库这份工作。

我就自己问自己:我是梦游症患者吗?

老婆说,你是,你咋不是呢! 你要不是那大家都是了!

我问老婆,我的库门到底是谁开的呢?

老婆说,这不是秃子头上的虱子明摆着的事吗,当然是你自己开的。

我知道,老婆说得对。

东张西望

这是冬天的事儿,兔子黄儿走出家门的时候,太阳正懒洋洋地照。这个冬天没有雪,只有风,很硬很圆,车轮一样在原野上滚,衰草就在滚中抖,抖成了旗。

黄儿饿,黄儿前几日生了一窝崽,有九个,一个个红嫩嫩肉乎乎的,那么健康、红润、活泼,可喜人了。不用多久,这些孩子将会成为他们这个家族中最英俊的后生。孩子们可贪吃了,只要噙住奶头,就一个劲地吮,吮得黄儿的奶头痒痒的。奶着孩子,黄儿发现,才几天,这几个孩子就比生下时大了一倍,身上也渐渐长满了毛。看着几个无忧无虑的孩子,黄儿开始愁。因为,黄儿现在饿。地里的草枯了,鲜嫩的草儿没了,她的奶头瘪,孩子们一噙,她的心就慌，她想起孩子的爸，就是那只用甜言蜜语哄了她的灰兔子，那次亲热完就走了，从此杳无音信，也许他有他的事儿，可再大的事儿，也不能不尽责任啊！黄儿想：要是他在身边，该有多好啊！黄儿就抱怨，你把孩子带到尘世上，然后就跑得远远的，不管不问了，你怎么能当好这个爹呢！

　　怨有什么用呢？日子还得过。他走了，有我呢！黄儿摸了一下瘪瘪的肚子，知道，该到外面吃点草了。只要把肚子吃得饱饱的，有奶，孩子就可以很快长大了。想到这，黄儿一脸的幸福，她想，不论有多难，一定把孩子拉扯大。不论有多险，一定得去外面吃草，黄儿把几个孩子哄睡后，就走出洞口。

　　风很硬，打在身上，很疼。走出洞口时黄儿不禁打了个冷战，接着到了洞旁不远的小高坡。这是她的瞭望台。黄儿有个习惯，出了门先到小高坡上瞭望，确信没危险才去吃草。站在高坡上，黄儿抬起前爪，踮起身子，东张西望。远处几个猎人，带着猎狗在搜寻。黄儿暗叫不好。门口有很多的草，比远处在风中飘扬的枯草不知鲜嫩多少，张口就能把肚子吃得滚圆。可黄儿明白，不能那样做，若做了，洞口就暴露了，她和孩子们就有危险了。这样的教训太多了！和她一起长大的姐妹中有个叫懒儿的，刚生了一窝孩子，又累又乏，懒得寻食，伸嘴吃了窝边的草，草去洞口现。猎人发现了，用布袋把懒儿捉了，并挖出了洞内的几个正吱吱唱歌的孩子，孩子们还不懂事，都望着猎人笑呢，结果让猎人的狗打了牙祭。

　　黄儿知道，洞口的草再鲜美，饿死也是不能吃的，要吃就得跑远点，有饭别嫌晚，有路别嫌远，只要有鲜嫩的草儿，远点怕什么？

　　黄儿重新回到洞口，用土培好出口，又衔来枯草伪装。一般兔儿是很难发现的，黄儿想，人和兔子差不多吧，兔子发现不了，人也就很难找到了，黄儿很高兴，唱着愉快的歌，又站到远处向洞口张望。洞口伪装得和周围的环境一样，猎人是发现不了的。

黄儿又站到洞口前的高岗上张望，那个小心，连她自己都好笑，可她明白，不机灵不行，到处都是猎人，到处都有枪口，她如今不光是为她自己活着，重要的是为她的那几个刚生下来的孩子活着。不远处有几个猎人正在旷野中寻找猎物，黄儿的心儿稍微松了一下，想，他们发现不了我呢！可待她转身向后一望时，放下的心马上提到了嗓子眼，有一个猎人带着一只狗儿正向她这边走来了！

黄儿的心开始慌了。虽然她伪装得妙，可狗有贼灵的鼻子呢！万一发现，她的孩子不就遭殃了？黄儿想现在唯一的办法就是引开他们，不然，她的那些孩子就要遭殃！

黄儿先仔细打量着猎人，俗话说，知己知彼，百战不殆，猎人带着只不大不小的狗。一看到狗儿，黄儿头上就不住地冒冷汗，昨天她差一点成了狗的口中餐！

昨天也和今天一样，她走出家门时，太阳公公早已笑红了脸，她早早地来到那块草地，刚吃个半饱，见一个猎人和两只猎狗向她跑来。她拔腿就跑，开始是往家的方向跑的，当她看到洞口时，猛想到自己正在犯一个大错误，她这不是故意把猎人和狗儿引向家里来吗？她忙调转了方向。直看到猎人和两只狗儿跟上来，悬起的心才放下。

那两只狗儿如离弦之箭，有两次差点咬着她。多亏她跑的是"S"线，曲着跑，才把狗甩开干瞪眼。但这两个狗儿和她较上了劲，只要她到哪，就跟到哪，有几次甩开了，但猎狗用鼻子还是嗅到了她藏身的地方，后来多亏想起母亲交代的话：如果有猎犬缠住不放，用鼻子嗅你踪迹时，你千万不能再和它赛跑，这时你就得往水边跑。只要一进了水，猎犬的鼻子就失灵了，你就可以脱身了。于是她就往经常饮水的溪边跑。沿着溪水跑了一大段路，那两只狗果然没有追上来，她知道，她逃脱了！再摸头上，都是冷汗。她捂着狂跳不已的心口，暗叫好险啊！

想到这儿，黄儿的心又咚咚地跳了起来。望着朝她走来的猎人和猎狗，她看到这个猎人比昨天的好对付多了。第一，只有一条狗，狗还不大；第二，这个猎人戴着眼镜，文质彬彬的。戴眼镜说明这个人眼神不好，还有文质彬彬的人心地都比较善，因为他们有文化。黄儿心里有了底儿，她看到猎人和猎狗正向她伪装好的洞口走去，此时，黄儿明白了，又得把他们引开了！

黄儿知道现在得跑了，早跑早得先机，她故意把脚步跑得叭叭响，以引起猎人和狗的注意，果然，猎人看到了，吹了一声呼哨，猎狗箭一样向她射去。

黄儿向后望一下，猎狗正在自己身后不远的地方。而猎人跟在狗的后面急急地跑着。黄儿不由窃喜，猎人和狗儿已被她引来了。

黄儿抬头望着前面的路，把眼瞪得很圆。她知道，不论身后如何，一定要看清前方的路，眼为什么长在脸上，目的就是看路，看清了前方的路，才能跑得安全轻松舒适。不能似她从前的一个同类，本是能躲开的，由于在跑的时候光转头看身后追赶她的猎人了，结果一头撞在树桩上，把自己撞死了。后来，还落了一句成语，叫守株待兔。当然这是猎人们讲的，其实他们不知道，他们是在说自己愚蠢呢！

黄儿在跑，双眼虽看着前方的路，两只耳朵却支棱着，江湖侠客似的，耳听八方。猎人和狗在后面凶凶地追，有点气急败坏。黄儿不用转头就知道，这只狗和她保持着不远不近的距离，还有，她往哪儿跑,那条狗却早赶在他之前跑了,弄得她很被动,险象环生。黄儿知道,今天碰到的这只狗儿,一定是经过专门训练的,一开始小看它了。她昨天碰到的那两只老实,只知道死追,不会动脑子。而今天这只,不光跑得快,且有心机,狗紧紧地跟住了她,不急也不火,黄儿明白,这只狗是在和她比耐力呢!

不能再和他这样比了,现在得改变策略,得出奇招,否则,她很有可能成为这只狗的战利品。想到这儿,黄儿先调整了心态。因为这一招是破釜沉舟,稍一疏忽,有可能失败。失败意味着什么,黄儿再清楚不过了。黄儿加快了脚步。狗儿也加快了脚步,此时狗儿看样子到了最后的冲刺,黄儿凭耳朵就听出狗儿在身后那急促的喘息声。时机成熟了,该使招了,黄儿猛地掉转身子向狗射去。狗儿吓了一跳,呆住了,狗儿明白,这只兔子被他追急了。因为狗儿知道,狗急跳墙,他的同类只要急了,什么事都能做出来,狗儿都能跳墙,何况兔子。兔子急了要干什么呢?就在他动脑思考这些的时候,黄儿已如一溜烟似的飘远了,继而又飘过了不远处的小溪。等狗儿明白过来时,黄儿已消失在视野尽头的茫茫草丛中了!

狗儿那个气啊,气自己,当时这么好的机会,只要一张嘴就能把兔子咬住。自己怎么就愣住了呢?真浑呀!狗儿气急败坏地叫了一声,汪!

猎人气喘吁吁地赶了上来,一看狗那表情,就知道兔子逃脱了,就照狗儿腔上踢了一脚,狗儿吱吱地叫着,很委屈。委屈有什么用,现代人注重的是结果,而不是过程。狗儿只好夹着尾巴跟着猎人走了。

此时躲在小溪那边草丛里的黄儿正伏在一个隐蔽的地方偷偷地瞅着猎人和他的狗儿,当看到他们那失败的样儿时,心里不由自主地漾出了笑。

黄儿现在又来到了她的那块草地，吃着那些草儿，异想天开，要是自己是一只骆驼该有多好啊，因为她们可以先把一些东西吃了，把食物放到肚里储藏，等饿时再反刍，再咀嚼。可她不行，她是兔子，生下来就得不停地吃草，不停地逃命。想到这儿，她不由地感谢她祖先，多亏了他们给了她四只好腿。

黄儿不由自主地看着这四只腿，前两只短促，是全身的支撑点，后两只稍长，很有劲道，一蹬，就能使身子像箭一样弹射，黄儿很为自己能有这样强壮有力的两条腿高兴。

就在黄儿为自己两条腿高兴的时候，她发现，在身后不远的地方，有一猎人举着枪正向她瞄准，而猎狗正偷偷愉向她摸来，黄儿知道，现在，她又该跑了！

地瓜啊地瓜

地瓜是一个不英俊的男人，这年头，不英俊也不是什么缺点，想想，大家都是凡人，凡人还想要多潇洒？ 就说现在的影视明星吧，都是百里挑一的，但真正英俊的有几个？ 地瓜这样一想，也就把自己不英俊不当回事了，甚至还有一点沾沾自喜。当然地瓜有他的理由，那就是他家境好。地瓜的爹是东边一个小煤矿的矿主，管着三百多号人呢。所以地瓜不英俊也没什么了。

所以地瓜能理直气壮地看上谷儿。

谷儿是前庄上李家的闺女，长得好，要多俊有多俊，仙女一样的。就是家里穷，一穷，俊就不值钱了。

地瓜喜欢谷儿，是真喜欢，都害了相思病。地瓜的爹知道了，先骂儿子一句没出息。骂了之后，儿子还没振作，还是想谷儿，于是地瓜的爹大手一挥。地瓜的爹喜挥手，地瓜的爹挥手很有风度，伟人似的。地瓜的爹说，不就是喜欢个人吗？又不上天摘星星，好办，找人说说就是。

于是，他就找人说了。

谷儿开始是不愿意的，谷儿没看上地瓜，你看他那个形象，是标准的"地瓜"呢！可爹愿意，娘愿意。谷儿没辙了。爹说，妮，俊不能当饭吃。娘说，妮，人不能光看丑俊。女人找男人，要看他能不能养活你。娘看谷儿低了头，就叹了声说，妮，看男人要看他对你真不真心。

和地瓜接触了几次，谷儿知道地瓜是一门心思地喜欢他。谷儿的心就哆嗦了，就在心里骂地瓜，你浑呀，你真是浑到家了呀！爹娘收了人家的东西，让谷儿拿主意，表个态，给地瓜家个态度，谷儿就流泪了。谷儿把自己关在屋里三天，三天里，谷儿流了两水桶的泪。

后来谷儿开门了。谷儿的两个眼肿得像铃铛。谷儿望着娘说，娘，我亏呀！

娘也知道亏，就这么俊的闺女怎能不亏呢？可娘不能说亏。娘知道她一说亏女儿就真亏了。娘说，妮，有些东西是注定的。是命啊！

谷儿知道娘说的不是真话。可娘这么说了，谷儿明白，是命就只有认了。谁能逃脱命运的安排呢？这样一想，谷儿的心平静了不少。

谷儿嫁给了地瓜。出嫁那天，谷儿见那个人站在村口树一样地望。车子走了，那人在后面跟，跟着跟着，那人就小了，就没影了。可在谷儿心里，那人却越来越清晰。谷儿想这样不好，这样的日子，心里装两个男人，不好。谷儿想甩掉那人，就狠劲地甩头。可那人却黏上似的，总也甩不掉，谷儿就狠狠地骂了，冤家呀冤家呀！

地瓜很高兴，地瓜如愿以偿。地瓜觉得他真是世上最最幸福的人了。这么俊的谷儿都是我媳妇了，我还有什么理由不幸福呢？我真是幸福死了！

地瓜一心一意地爱谷儿，死心塌地地爱，爱得很瓷实。地瓜知道，谷儿是个好女人，肯嫁给他的绝对是好女人，不是好女人能让他娶吗？做梦去吧！地瓜没有做梦，说娶就娶来了。地瓜想，有这么个好女人不爱那才是傻瓜呢！地瓜不是傻瓜，所以地瓜爱谷儿爱得很忠心。

开始的时候，谷儿感到很新奇。虽说亏点，但有这么个男人爱着，爱得这么一尘不染，谷儿也就觉得还不算多亏。再说生活上有了大变化，从前是穷日子，现在日子不穷了。心里就想能过到这样，这多亏嫁了地瓜。谷儿就觉得亏也亏不到哪里去。

那时谷儿就把那人稍稍地忘了，也没全忘，忘一个人哪有那么容易。当然有时谷儿也把那个人像六月晒衣服一样翻出来，翻出来和地瓜比较。一比较谷儿就觉得地瓜真是个"地瓜"，一点也不像那个人。

地瓜不知道这些。地瓜不是谷儿肚里的蛔虫。地瓜过得很自在。看地瓜那神情，真像过上了共产主义生活。真是美好的生活啊！

俗语说花无百日红，俗语说月有阴晴圆缺，俗语说人不能总在浪尖上……说这些话无非是说：地瓜的爹出事了。说准确一点,是小煤矿出事了。地瓜的爹是矿主,是法人代表。

小煤矿塌方,死了十二个人。人命关天,这不是小事。地瓜的爹也不挥手了。地瓜的爹孬了,头勾着了。

地瓜家一落千丈。可地瓜还是那样爱谷儿,爱得比从前更厉害了,有了一些巴结的味道。谷儿让干啥,地瓜就屁颠屁颠地干,显得很下贱,很没男人味。谷儿有些看不起,谷儿想,地瓜,你是男人呢!这个时候,谷儿才明白,地瓜的腰杆是他爹撑起来的,他爹毁了,他也就塌了。

谷儿又想起了从前,想想从前,再看看地瓜,谷儿知道亏了,真亏了!

谷儿就又去见那个人,那个人叫高粱。高粱现在变了,几年工夫,高粱已成了一个私营企业的老板。高粱说,谷儿,我不服呀,我真的不服。为什么我不能娶你?那天我跟着你,看着你进了那个人的家里。我的心都碎了呀,谷儿。

谷儿没有作声。谷儿心里颤颤的,很难受。谷儿不知道她该说啥。但有一样谷儿做得很好,就是把该外流的泪往里流了,流心里去了。

高粱说,我就争这一口气,我想,我一定要让自己行。我受了很多苦,流了很多的泪,遭了别人很多的白眼,目的就是让自己行。谷儿,这些罪我没白受。

谷儿知道高粱在深情地望着她。谷儿的心就酥了,雪一样的说化就化了。谷儿明白高粱眼神里的东西。明白了高粱为什么到如今还没成家。

高粱说,谷儿,谁也代替不了你呀!

谷儿再也控制不了自己了。谷儿说,高粱,你太傻了呀,你太傻了!

高粱上前给谷儿拭去了泪，像从前一样，然后轻轻地拥了她。高粱说，谷儿，我知道自己为什么这么做。我很清醒，很清醒。

地瓜不是"芋头"。地瓜什么都知道了。地瓜就真的呆成"地瓜"了。

谷儿平静地说，我考虑很久了，地瓜，咱离了吧，我不能一个人心里装着两个人。那样，我太苦，也太累。

地瓜说，谷儿，我是全心全意爱你，一点杂质也没有呀！

谷儿说，我知道。

地瓜说，我这样爱你，你的心里还装着别人，谷儿，我真想不明白。

谷儿说，地瓜，我知道你对我好，可我就是控制不住，我还会爱别人。

地瓜说，谷儿，只要你不离，过去的就让它过去吧。咱们还是在一起过日子，我就当什么也没发生。

谷儿摇摇头。谷儿说，地瓜，咱那是自己骗自己，还是离吧，对你好，对我也好。

地瓜说，谷儿，我不和你离，你要和那个人好就好吧，只要你别和我离。地瓜说，我常听上岁数的人说，每个人都是来世上做一件事的。谷儿，我来到这个世界也许是专门来爱你的，谷儿，我离不开你呀！说到这儿，地瓜的腿一软，给谷儿跪下了。

谷儿知道自己的心要软。谷儿想不能软，一软，就走从前的路了。一软，她还得亏，她不能再亏了。谷儿没扶地瓜，走开了。

地瓜流了很多泪，女人似的，有两水桶。地瓜流泪的时候发觉，谷儿铁心了。女人一铁心，八头牛也拉不回，别说他一个地瓜了。

地瓜对着谷儿的背影说，谷儿呀，谷儿呀，我的谷儿呀……

谷儿回到家，是三天后的黄昏。三天了，什么事都会想清的。谷儿想，地瓜一定知道自己该如何做了。

此时的地瓜已消瘦得面目全非。

地瓜问，一定离吗？

谷儿说，一定离。

地瓜像泄了气的猪尿脬，霎时就蔫了。地瓜说谷儿，从咱们结婚的那天起，我就怕这一天。我知道你亏。你嫁了我你就觉得亏。没想到这天来得这么早。

谷儿没有言语。

地瓜说，谷儿，我想好了。我什么都想好了，是我的就是我的，不是我的永远不是我的。

谷儿明白地瓜话里的意思了。

地瓜接着说，谷儿，我不能接受你和别人在一起。那样，还不如杀了我，不如让我死了呢！

谷儿不明白地瓜为什么说这些没头没脑的话。谷儿知道地瓜心里难受。

谷儿不忍心看到地瓜这样，就转身给地瓜倒了一杯水，又加了糖。可在此时，谷儿听到身后扑通一声。回头看时，地瓜滚在地上，一股子药味弥漫开来，是剧毒农药。

地瓜喝了农药。一瓶农药，地瓜喝了半瓶多。

谷儿说，地瓜呀地瓜，你为什么要这么做呢？

地瓜说，我说过的，我活着是来爱你的。你走了，我也该走了。

谷儿说，你不该这样啊！地瓜，你不该这样啊！

地瓜说，谷儿，这几天，我什么都想了。我爱你爱得自私。真的，我不愿想象你和别人在一起的样子。可你亏，你终于得走。

谷儿,我选了这条路,对你,对我,都好。

谷儿说,地瓜,你太小心眼了!

地瓜说,谷儿啊,我的谷儿呀……

谷儿的泪汩汩地流了出来,湿了眼,湿了脸,湿了她整个人。

地瓜走了。一想起地瓜的走,谷儿的心就哆嗦。高粱劝谷儿,谷儿,过去的就过去了,活着,就该向前看。

谷儿说,高粱,我办不到呀,办不到。

高粱说,谷儿,那样,你可要苦一辈子了。

谷儿长叹一口气说,高粱,我不苦。说着谷儿的泪又滚了出来。

高粱望着谷儿,想用臂膀去拥她,可谷儿躲了。高粱说,谷儿,你不能再亏自己了。

谷儿说,以前是亏,那时觉得自己亏死了。现在,我才明白,我不亏。地瓜亏呀!

高粱听不明白了。

爱很疼

男人狠狠地吸了一口烟,把烟掐灭,起身后用脚又来回踩了踩,才回身,向屋里走去。

女人躺在床上,两眼呆呆的。看男人来了,眼转动了两下,木木的。

男人看着女人,狠了狠心说:我知道你在想什么。

女人没回答。女人问：医生说，我还有多长时间？

男人低下头，男人的泪流下来了。男人在心里骂了一句这不争气的泪：咋说流，你就流了呢！男人就对女人说：医生说，只要好好地养着，你的病很快就会好的！

女人这次笑了。女人长叹一声：你不要瞒我了，你在门外和大夫的说话我都听到了。我得的是癌症。女人又大声喊道：我得的是癌症！我知道！

男人哀叹一声。女人嘿嘿笑了两声，接着闭上眼，有泪，从女人的眼里流出。

男人看着女人的泪，很稠，黏黏的，在女人枯黄的脸上流动得很慢。男人还发现女人的泪里有着丝丝的红。男人知道，那是血丝。有血丝的泪慢慢就红了，像血。

男人看着女人的泪，心一颤。男人就到女人跟前，把女人眼里的泪擦了。男人说：大夫是胡说的，你不要信！

女人看着男人。女人说：人终是要死的，我不怕死。可我走得这么早，我对不起你！

女人一这么说，男人的心就很痛。男人知道女人为什么这么说。男人也知道女人在想什么。

男人早就想对女人说：别以为我什么都不知道。我其实什么都知道呢！我不说，不是说我不知道，我一切都清楚着呢！

女人比刚回家时更沉默了，有时一天不说一句话。看着女人，男人心里在流血。

按大夫的说法，女人的这个病是治不好的，动手术只不过是多延长痛苦而已。大夫看着女人拍的胸片说：病人想吃什么就让她吃什么，想干什么就让她干什么，她的时间不多了。

是啊，她的时间不多了。男人想起他和女人认识的时候。那时,他很穷。女人家却比他家强。女人能喜欢上她,那是他家祖坟上冒青烟了呢!结婚那天,他捧着女人的脸,一字一句对女人说:我知道我穷,我给不了你富日子,但我保证,我会让你一辈子开心。

他真是这么做的,爱一个人,不是让她快乐吗?就是女人和那个人好了,他也把痛装到心里去了。他就假装没看见,只是,他的心在流血。

男人知道,女人心里在想什么。一想起女人心里在想什么,男人的心里就痛。但看着女人天天像要下雨的脸,男人的心就如刀割。男人知道,他该对女人说这话了。

这话埋在男人心里很久了,一直折磨着男人。男人想,女人没多少时间了,他答应过女人的,要让她开心。他不能说话不算话。说话不算话,不吐口唾沫就砸个坑,还算男人吗?男人想,女人都这样了,在世的日子不多了,让她快乐着走吧。

男人说:我知道你在想什么?你在想他。

女人两眼定定地看着男人。女人眼里都是疑问,当然还有惊慌和害怕。

男人心里一乐。男人想,别以为你们做得隐秘,我其实什么都知道。男人说:我说过的,我要你开心!你开心比什么都重要!

女人心里什么都明白了,女人的眼眶湿润起来。

男人低下了头,低声说:让他来吧,我知道,你也想他。

女人看着男人的眼睛,她看到男人眼里满是温暖,暖烘烘的,就点点头。

男人心里一痛,疼得流血,可他还是装得很快乐,男人说:我不是小肚鸡肠的男人。我说过的,只要你开心。

女人流着泪朝男人点头。女人流泪了,很汹涌。女人说:对

一棵树的风花雪月

不起……

男人把女人的头搂在怀里,男人用手抚摸着女人已如枯草一样的头发说:我说过的,我虽给不了你富日子,我会让你一辈子开心!

他来的时候有些战战兢兢,又慌又怕。男人知道是为什么。在女人面前,男人清楚,自己要大气。不然,他就要失去女人了,永远地失去了。也就是说,在这个对他既慌又怕又战战兢兢的男人跟前,自己永远是一个失败者!

男人向那个人伸出手。男人哈哈笑着说:老清,你好,这段时间,阿红就念叨你呢!

全民微阅读系列

老清同男人握手。握着手,男人感觉老清的手在抖,连血都在抖。男人就在心里笑开了。他说:阿红这段时间不开心,让你来,陪陪她,逗逗她,让她开心,让她快乐!

女人叫阿红。阿红看着男人说:看到你们两人能这么和睦,我就很快乐。女人眼里都是泪,脸上却含着笑。女人对男人说:谢谢你,谢谢,安路!

男人叫安路。安路对女人笑笑。安路说:什么都是虚的,只有快乐才是自己的,对不?

女人点点头。女人的眼被泪泡肿了。女人说,谢谢你……

女人最后的日子过得很快乐。女人身边有丈夫安路还有她爱的人老清。老清对阿红爱得很深,有时他们两人在一起,安路就悄悄走开。安路就到地里走走,去看看他的菜园。菜园里的菜水灵灵的,正如雨后春笋般地长。安路就吸着烟,眯着眼看菜。安路想:有时候,人就是一棵菜;可有时候,人还不如一棵菜。

回到家里时,女人正和老清说着什么,他们满脸是笑,快乐得很。看着他们的笑,安路也对他们笑了笑……

女人的病越来越重了。到最后,女人已虚弱得连喘口气都很难。女人是在安路怀里走的。女人最后断断续续地对安路说:她最后的这段日子过得很开心。她过了她一辈子最想过的日子。两个爱她的男人在他身边,那么和睦,那么美好。

安路听了心如刀绞。

女人说:下一辈子,她还要找他,还要嫁给他做妻子。只是,下一辈子,她只爱他一个人。

安路强忍着泪,对女人点点头。点头时,他看到那个叫老清的男人,脸红红的,像个做错事的孩子。

女人最后对安路说:我走了。这辈子,我唯一对不起的人,就是你……

女人说完对不起的时候,安路的泪,再也止不住了……

烧百天的时候,安路特地给老清打了电话。安路知道老清一定会记得的,但他还是给老清拨了电话,他说:今天是阿红的百天。

电话那端的声音很平静:我知道,我一定去!

两个男人在阿红的坟前,安路给女人烧着纸钱,纸钱随风飞舞,像一群纷飞的蝴蝶。安路看着"蝴蝶",对站着的老清说:阿红来了,我看到阿红了!

老清眼里充满疑问,问:在哪?

安路说:你没看见吗?

老清问:你是说,那股风?

安路说:阿红来收纸钱了。我看到她了,和以前一样,还是那么美!

老清没说什么,看了看已长了些许草芽的坟头,又看了看那随风摇摆的一棵小柳苗。

小柳苗已有一尺高,是从"哀杖子"上掉下来的。"哀杖子"是孝子拄着的孝棍,一般是从柳树上砍下的柳枝。亡者有几个子女就砍几段,一段一米左右。葬完就把"哀杖子"丢在坟前了。阿红的坟前有两根"哀杖子",一根散在安路身边,一伸右手就能拿到;一根不知被谁插在坟前,小柳苗就是从插着的"哀杖子"上长出来的。

烧着纸钱的安路看了一眼右手旁的"哀杖子",心里说:该有个了断了!

安路又把目光投向眼前的坟,草儿在苗壮地长。他伸手拔了,他不允许阿红的坟上出现一棵草。

带来的纸钱都烧了,安路知道他该做什么了。本来早就该做的,只是,阿红活着,他不想让她不开心。他答应过她的,他不能说话不算话!

阿红是个好女人,是个透明、温柔的好女人。她有着水晶一样的心。他心里一直有一把火。如今,这把火已是岩浆。他感觉,他都不是他了,他是岩浆了。

看到老清,岩浆就要喷涌。他控制着。他想给自己找一个火山口,他发现,手旁的"哀杖子"就是他的火山口!

安路看着老清,老清正仔细看着阿红的坟,紧闭着双眼。

安路知道自己该说这句话了。说这句话的时候他右手就摸了一下"哀杖子"——那个可手抓的柳木棍。他对老清说:你跪下!

老清转过头来看了一眼安路:给谁? 阿红?

安路感觉他体内的岩浆再也控制不住了,一下子喷发了! 他右手抓起"哀杖子",挟着他隐忍了多年的愤恨,一下子打在老清的小腿上。安路听到了他在梦中梦到无数次的清脆声,那是切断黄瓜的声音。

老清一下子跪倒在他的跟前。安路轻蔑地看着老清，一字一句地说：你应该给我下跪的！

说完，安路把"哀杖子"狠狠地扔在老清的身旁，昂着头走了……

向最爱说再见

那天下着雨，雨是毛毛雨，下得很有韵致。我又来到了天霸咖啡馆。

咖啡馆里灯光闪烁，很迷离，也很暧昧。一个长发女孩正在那儿拉着《梁祝》。长发女孩微闭着双眼，此刻她整个人都融进了曲子，像一块雪进入流动的春水。我要了一杯咖啡，边加糖边搅拌着。《梁祝》是我最爱听的曲子，每次来我都要老板给我放这支曲子。当然我最喜欢的是古筝，是古筝那种旷远的清，超俗的静。我看着女孩，女孩站在那里，如痴如醉，用手中的琴弓述说着一个地老天荒、荡气回肠的爱情绝唱。隔着迷蒙的灯光，女孩宛若一株亭亭玉立的荷花，那么清纯可人。我的心一动，这一动的感觉仿佛使我回到了和葱儿的第一次相见。后来葱儿成了我的妻子，但后来葱儿又离开了我。当然，她有她的理由。很久没有这种心动了，这一动让我的心又颤了起来，让我又想起和葱儿第一次的相识，我知道那一动让我明白了什么叫一见钟情。自从葱儿走后，我的心就如掩埋了千年的古井，没有一点波澜了；我的爱也就如风口的岩石,冷冰冰的,没有一点的暖色和温度。

　　我招了一下手,服务生过来了。我用手指了一下拉琴的长发女孩问:"这个女孩我怎么不认识?"服务生说:"闵董事长,这个女孩是刚从北方来的。"我问叫什么名字。服务生告诉我,这个女孩姓洪,叫玫儿。我抽出五百元交给了服务生说:"给玫儿小姐送束花,剩下的是你的小费。"服务生高兴地说了声谢谢,退下了。这时我看着窗外,窗外是灯的海洋。看着川流不息的车流,我就想着我刚来到这个城市时的情景。那时的我真是一无所有,无论经济,还是感情。于是我就一门心思扑到工作上,从一个打工仔到一个公司的董事长,说起来才十年工夫。看起来,我是一个成功的人,可我总感觉,我和来时没什么两样。虽然我现在有钱了,是一个拥有奔驰、别墅和地位的男人,可我依然感觉自己是一个两手空空的穷光蛋。除了钱,我什么也没有。真的,我是穷得光剩下钱了。当我回首我的过去,我真的愿回到我和葱儿在一起的日子,那个时候,我们的日子虽然过得苦,可我们快乐,幸福,我现在才明白,那就叫富有啊!遗憾的是我没有好好把握,把这种富有丢弃了。

　　没过多久,长发女孩怀抱着花过来了。女孩给我鞠了一个躬说:"谢谢你,谢谢你的花。"我示意女孩坐下,又招服务生过来,让他给女孩来一杯巴西产的那种有着清醇淡香的咖啡。女孩迟疑了一下说:"来杯可乐吧。"我说女孩《梁祝》拉得真好,把我都拉流泪了。女孩听了又站起来给我鞠了一个躬说谢谢。我问:"你是刚来到这个城市的吗?"女孩说:"是的,今天我是第一次来这儿拉琴。"我说:"我很喜欢《梁祝》,这首曲子太美了。"女孩说:"谢谢你,先生。"我不知道她这一句谢谢是什么意思。

　　从那之后,我就天天去那儿。每天都是坐在那个位子上听女孩拉《梁祝》。只要一拉起这支曲子,女孩就全身心地投入,微闭着双眼,像进入了一个境界。有一次女孩拉完这支曲子,眼角竟流成了两条小溪。

有一天,女孩上台之前眼里湿漉漉的,像是有水雾往外飘。这一次的曲子拉得并不理想,曲子显得虚,空飘飘的,那种揪心的东西少了,我知道,这是女孩心不在焉的缘故。我还是像往常那样给女孩送了花。女孩只是出来说了声谢谢,然后就回后台了。我不禁皱起了眉头,服务生见了忙俯到我耳旁说:"不知道怎么回事,玫儿今天一直在流泪,我们问为什么她也一直不说。你去劝劝她吧!"

我去了后台的休息室。休息室里就玫儿一个人,玫儿呆呆地坐在那儿,沉醉在自己的心事里。我到她跟前她连头都没转一下,我说:"怎么了? 为什么流泪?"玫儿见是我,惊了一下,忙站起来说:"你,你怎么来了?"我说:"遇到什么伤心事了,我能帮你忙吗?"玫儿听我这么说,泪就像断线的珠子,铺天盖地地流下来,肩膀一耸一耸的,很可怜。我说:"别哭了,给我说说吧,也许我真的能帮上你!"

玫儿说:"我昨天接到了我妈妈给我打来的电话,我爸爸得了癌症,是食道癌。医院里要我爸爸住院做手术。做这个手术得四万块钱,可我家里没有钱,妈妈昨天来电话说要我无论如何也得在三天内给家里汇去三万块钱,不然,爸爸就只有等死了。在这儿我是举目无亲,这三万块钱,到哪儿去弄呢?"说到这儿,玫儿又伤心地哭了起来。

我说:"我当是什么大事呢? 不就是三万块钱吗? 好说,我给你!"我说着从怀里掏出支票用笔写上钱数,然后签上自己的大名,撕下交给了玫儿说:"这是三万块钱的现金支票,你明天快

069

一棵树的风花雪月

去银行办理吧!"玫儿听了惊得眼瞪得好大,她愣了好大一会儿,连连摆手说,不要不要。我问为什么。玫儿说不为什么。只说和我非亲非故,不能收我的钱。我说,我们怎么非亲非故呢,我们难道不是朋友吗?为朋友两肋都可插刀,区区三万块钱,那不是小菜一碟吗?玫儿抬起泪眼望着我,突然给我跪下了。我忙把她扶起来,并给她擦去了脸上的泪,抬腕看了一下手表,现在是夜晚十一点,我说:"这样吧玫儿,明天办理手续怕耽误事,你向老板请一下假,我陪你一块儿去取款机上取款!"

于是我和玫儿连夜将三万块钱转到了她妈妈的银行卡上。我对玫儿说:"你妈妈马上就能收到钱了。那样,你爸爸马上就能做手术了!"玫儿听了,脸马上红了,我知道她的脸为什么红。接着玫儿像想起什么似的,又扑通一声给我跪下了,她说:"谢谢你,太谢谢你了! 你是我们家的大恩人啊!"

没过几天,玫儿对我说,他爸爸的手术已经做了,现在恢复得很好! 我笑着说,那太好了。玫儿说她妈妈爸爸让她给我磕个头。我说,你那天不是已经给我磕过两次了吗?玫儿就笑了,当然,那笑笑得有些害羞,但却是非常的妩媚。

从那后,我和玫儿的关系就更进了一层。玫儿见面不称我为董事长了,称我为你了。"你来了。"我说:"我来了。"有一次,我等到咖啡馆打烊,玫儿刚从门里出来,我就迎上去。玫儿很诧异。她说:"你不是走了很久了吗?"我说:"是的。为了不打扰你,我一直在门口等你。"玫儿点了点头,竟有两颗泪滚出来,在车灯的照射下,像两粒珍珠。我知道,玫儿是感动的。我说:"我送你吧。"玫儿考虑了一下,然后点了点头。

玫儿说了她的地址,我知道那是这座城市的下里巴人区。一路上,玫儿都默默无语。我知道,玫儿内心里正在进行着激烈的思想斗争。玫儿之所以这么做，那是她心里肯定有个让他痴迷的男人，而这个男人肯定是优秀的。不然，玫儿看不上。当我把玫儿送到她住的那个小区的门口时，玫儿梦醒似的，慌慌地让我把车停下。她说到了，不要再送了。我给她打开车门，玫儿说谢谢。我看着玫儿迈着细碎的步子，心里隐隐地难受，那是为自己所爱的人难受。

我知道，我爱上这个叫玫儿的女孩了。

第二天晚上，我又来到了天霸咖啡馆，还是坐在我原来的位子上听着音乐，喝着咖啡。玫儿拉完曲子又到了我的面前。我知道我应该把心里话对她说了。我给她要了一杯她爱喝的可乐。我说："我有一个朋友爱上了一个女孩。这个女孩是他苦苦寻了很久的人。这个人想对女孩吐露他的心声。你说，我的这个朋友该怎么说才显得彬彬有理呢？"玫儿想了想说："我想你的这个朋友应该这样对那个女孩说，给你我的爱，要不要？"在晚上送玫儿回去的路上，我对玫儿说："玫儿，给你我的爱，要不要？"

玫儿没有吱声，泪哗地流了。到了她的住处，她只是轻声对我说："把我送到家吧。"

玫儿住的是一个一室一厅的小房。屋里收拾得很干净，有着女人那种独有的香味。玫儿进了屋，猛地把我抱住了。玫儿的泪就流了。我用唇给她吸干了泪，问她怎么了。玫儿没说话。过了好大一会儿，玫儿才止住哭声。玫儿说："你是真心喜欢我，我知道，可我不能接受你。"我问："你是不是有一个深爱的人？"玫儿点了点头："我非常爱他，他是一个诗人，是个很落魄的诗人。可我欺骗了你，那三万块钱其实不是给我父亲看病，而是他向我要的。他说要给他的诗出个集子，要我无论如何帮他，不然，他会伤心死了。我太爱他了。无论他说什么，我都会满足他的。"我说：

"你不要说了，从一开始我就知道不是给你妈妈汇钱。可我宁愿让你骗，知道为什么吗？因为我爱你！"玫儿把我抱得更紧了，泪眼婆娑地说："我知道你爱我，可我不能爱你，一爱了你，我对他就不专一了。我知道，如果一个人心里有两个人，那她绝对不是一个忠于爱的人。我对他发过誓，我只爱着他，心里只有他一个人。我不能违背我说过的话。"我深情地拥着玫儿。玫儿默默把我推开，然后她走进了卧室。不一会儿，就听她说："进来吧！"当我走进她的卧室，我发现玫儿已如玉雕一样展在了床上，青春的胴体在灯光下闪着玉一样的光彩。玫儿说："这么多天我一直在想，要想让我好好地爱着他，我就得给你一次。是开始也是结束。只有这样，我才能对得起你对我的情意；只有这样，我才能对得起我的誓言，我才能爱他爱得专一，爱得没有杂念。"看着这散发着光芒的诱惑，我轻轻地走过去。玫儿已如一本翻开的书，等着我去品读，读她的温柔，读她的细腻，读她的激情，读她的呢喃，读她的一点一滴，读她的每一寸肌肤，读她的一切一切啊……望着她纯洁的身体，泪在不知不觉中流了出来。我拿起一床被单，轻轻地盖在她的身上，接着，我走了出去。这时，我听到门里传来轻轻的哭声。

从那之后，我再也没到天霸咖啡馆去。我知道，玫儿的琴一直在唱着，心儿一直在滴血。因为，她心里有我在活着。

神 匠

和尚双手合十，唤了声：阿弥陀佛。

神匠见是和尚，就问：出家人，有啥事就说吧！

和尚说：我为神事而来。

神匠说：我只塑女神。

和尚说：我要塑尊菩萨，是观音。

神匠只塑女神，这是方圆百里人人皆知的，神匠的女神塑得活。以前神匠也塑男神，塑得也挺有名。可自从妻子死后，他就只塑女神了。神匠的女神塑得真，就像一位真神那么慈祥地站在你的跟前，听你的苦，听你的忧。

神匠随和尚到了一座庙，庙很新。和尚说：这是我化了二十年的缘才盖起来的，目的就为塑这尊神。和尚说得很凄凉。和尚从怀里掏出一张发黄的纸，说：照图上女人的样子塑，一定要塑活。图上是个挺俊秀的女人。神匠觉得很面熟，很面熟。

和尚说：把她塑成个观音吧！你行的。

神匠没有言语。

神匠一连三天都在喝酒。和尚在念他的经，念得很专一。

第四天，神匠就开始找料了，找料是为"搭骨架"。神匠选料和别人不同，他除主要躯干是两根硬木外，剩下选的都是白蜡、桑木之类有弹性、有韧性的软木。神匠认为：女人的柔不在皮肤，而在骨子里。

骨架搭好了,神匠就开始培泥。泥培得很快,不到三天,形状就出来了。

和尚一直在前堂念他的经,只有吃饭的时候才唤他过去吃饭,也不问他进展如何。神匠觉得这样很好。

这一天到"洗尘"了,就是给神洗澡:从头上浇一盆清水,洗去尘世的灰垢,好干干净净地做神。神匠不这么认为,他说神是人变的,他给神洗尘,是洗神味。

洗尘是最神圣的时刻。神匠把门和窗都用布遮得严严实实,这是他的绝活,就是往神身上涂抹他的汗水。他妻子问过他:你的神塑得那么活,有绝招吗?他在酒后告诉妻子。他对妻子说:有了人味,神才是神,神才活。

神匠要给观音涂抹汗水了,神匠很激动。这时,门推开了,和尚气喘吁吁地站在门口。神匠心里一凉,他觉得他的一种东西就像夏天里的一块冰,正在慢慢地融成水。

和尚说:用我身上的汗吧,你看,我身上都是水呢!

神匠想拒绝。神匠想,我是神匠,哪能用你的呢!可神匠身上的汗没了,神匠就觉得身上发冷。他有一种被打败的感觉,神匠没有流露出。

和尚看着观音,就对神匠说:她身上能有我的味,我就知足了。我这二十年就没有白苦。

神匠的心一颤,泪差点流了出来。

秋天了。神匠看着落叶,心想:该走了,真的该走了。别留恋了。

该给观音"安心"了。

神匠的女神塑得活。神匠认为:那是有心的缘故。人有心才能活,神也是,神没有心怎么是神呢?那是一具泥胎。别的神匠认为他这是多此一举,他们说世人活得苦,活得浮躁,有个寄托,有个作揖叩头的对象就行,有心无心都是泥胎,都是自己骗自己,骗局何必费那么多心思呢!

神匠不那么想,他说:神是人变的。人和神都是一样的,都有心。没有心哪能活呢!

那天,神匠对恋在观音前不愿离开的和尚说:安完心,神才是神,你现在拜的是泥胎。和尚不解。神匠说:你出去吧,我这就给观音安心。

和尚看了看观音,就出去了,不一会儿,神匠就听到前堂传来木鱼声。声很乱。

神匠知道自己该干什么了。神匠用手从头到脚抚摸着他的雕塑,泪稠稠地流下来。

神匠看着观音。观音也望着他,甜甜地笑,笑得神匠心里空空落落的,神匠就扑通一声跪下了。神匠从没有给他的雕塑跪过,这次不同,他跪下了。

神匠看着观音说:他就是爱你的那个人呢! 你知道吗? 他就是为你而出家的那个人!

观音还是一如既往地笑着,很博大很宽容。神匠说:他在和我斗呢! 说实在的,我不想赢他,可不赢不行,你是我的女人……

神匠就重新再看他的那尊观音。猛然,他想起自己还有一件事没有做,就自言自语道:该走了……

一炷香后,和尚推开了门。和尚看到神匠倒在血泊里。神匠的心没有了。

和尚看到观音的心口有一颗鲜红的心,正在有节奏地跳着……

和尚就看着观音,观音笑得更美了,更真了。和尚觉得在观

一棵树的风花雪月

音的笑容下，他只有永远低着头。

和尚猛然间明白了他为什么永远拥有不了那个女人。他知道自己一辈子只有当和尚了。和尚便很苦地连声喊:阿弥陀佛，阿弥陀佛……

真爱就是赤脚开门的人

去年冬天的一个晚上，下着雪。雪不是很大，但从容不迫，很缠绵。那天因为一点家庭琐事，我和老婆斗起了嘴。老婆的嘴很厉害，机关枪似的，吵得我头都大了，我感觉我像一个气球，要爆炸了。一气之下，我甩手走出了家门。

外面白茫茫的一片。出了门我才想起，去哪儿呢? 看了看家的方向，我知道家里还弥漫着硝烟，是不能回的。哎，很久没去好伯那儿了，到他家坐坐吧。

好伯今年七十多岁了，一个人住在村子边上。以前我常去他那儿的，在他那儿，我学了很多做人的道理。好伯是一个很聪明的人。

好伯见我进门，很惊讶，就笑着问我:你可是有好长时间没来了。

我说，是的，有很长时间了。天天写，忙啊!

好伯递给我一个马扎，让我坐下。我苦笑着说，好伯，很久没听你讲古了，讲一个吧!

好伯笑着看了我一会说，好吧。接着就讲了——

在很久以前,有一对母子相依为命,当儿子长到二十来岁的时候,迷上了修仙成佛。由于年轻人心思都在烧香念经上,所以家里地里的活儿都落在了他母亲身上。有一天,年轻人听说在千里之外的龙山上有一个开悟的和尚,是天下最有智慧的得道高僧,世上没有难住他的事。年轻人就想:我天天这么虔诚地烧香念经,为什么就是见不到真正的佛呢?不行,我得去龙山。

当然那也是个冬天,年轻人就瞒着母亲,偷偷地打点了行囊,悄悄地去龙山了。

年轻人翻了很多的山,蹚了很多的河,终于来到了龙山,见到了那个开悟的高僧。年轻人虔诚得像见了佛祖一样便跪拜,请高僧给他指点迷津。

年轻人问高僧:我天天磕头烧香,天天念经祷告,可我一次佛也没见到?世上到底有没有佛呢?

高僧说:有,怎么没有呢?

年轻人问:怎样才能见到我一心参拜的佛呢?

高僧问明年轻人的身世和他的状况,知道年轻人是一个很虔诚的修炼者。高僧就说:佛其实很好见,关键是你的眼睛能不能看到啊!

年轻人说我的眼睛非常非常好,就是在漆黑的晚上我也能看个百米以外。

高僧笑了笑说:佛其实很好找,就是为你赤脚开门的那个人!

年轻人从此就踏上了寻佛的路。他专门在夜晚去敲旅店和客店的门,敲亮着灯或没亮着灯的门,可每次出来给他开门的人都不是赤着脚的。转眼一年过去了,年轻人没有遇到一个赤脚为他开门的人。年轻人就有些失望了。年轻人想,也许这世上没有佛吧。于是年轻人开始踏上了回家的路。

那天也像今天一样,也是下着雪。那天的雪要比今天大。来到村子时,已是深夜了。年轻人就敲响了自家的门,年轻人说,娘,开门!我回来了!

年轻人话音没落,门很快就打开了。娘满脸泪花地站在年轻人的面前。娘有些不相信:我儿,真的是你回来了? 真的是你回来了!

年轻人说,娘,真的是我回来了!年轻人这时才发现:娘是光着脚的……

望着光着脚的娘,年轻人猛地明白谁是佛了……

好伯给我讲完,许久不说话。最后才说:天很晚了,回家吧,过日子哪能都是上坡呢! 回家吧,晚了,孩子他妈牵挂!

我只好踏上了回家的路。现在雪很厚了。别看着雪小,其实一个劲地下,照样是大雪的。我敲响了家的门。我说:开门!开门!

门很快打开了,老婆站在了门口,老婆看见我,眼里的泪哗地流了。

我这时才发现:老婆是光着脚给我开的门! 我的心湿润了。

我转身把门关上,然后轻轻地抱起妻子……

最爱就是"逃跑"

这是好伯给我讲的一个故事。

二十世纪六十年代初期,有这么一对夫妇,他们都是地质勘探工作者。他们非常恩爱,常常形影不离地在一块儿做勘探。中国的东南西北,都被这对夫妇的足迹踏遍了。所以他们一直到了三十五岁才结婚。为了能和丈夫天天在一起,妻子在生产完孩子的一个月后就跟着丈夫又踏上了勘探之路。那时新中国成立没多久,还是一穷二白,这对夫妇为了给国家多寻找矿藏,让我们的国家尽快地繁荣富强,可谓是披肝沥胆,不辞劳苦。他们不分昼夜,踏高山,穿森林,足迹遍布了中国的每一个深山密林。

　　有一天,这对夫妇为了寻找新的矿藏又走进了东北的一处高山。山上密布着的森林里虎狼成群。这对夫妇走着走着,就和伙伴们失去了联系。好在这座山他们在一年前踏过,也就没当回事,只是想着在天黑之前赶到营地就行了。这对夫妇紧张地投入到勘探工作中去,从树影里筛下的阳光,让这对夫妇知道已是下午了。他们夫妇在这儿勘探出了一座铁矿,若开采,那将是一座大铁矿。在当时,我们国家的钢铁有很大一部分是靠进口的。夫妇俩为今天的发现高兴。他们决定把今天的结果尽快地告诉给大家,好让大家高兴,好让祖国高兴。于是他们收拾好机器就开始返回了。可当夫妇俩翻过以前他们走过的那个小山坡时,顿时呆住了:在他们的前面,有一只老虎正直视着他们。老虎的肚子瘪瘪的,看样子是有几天没有捕到食了。老虎凶凶地看着他们两人。这对夫妇身上只带着机器,没带猎枪什么的,因为他们勘探的有专门持枪的。两人光仗着以前来过,熟悉这儿,也就把保护他们的持枪人不在身边不当回事了。如今,老虎在前面虎视眈眈,逃跑是不可能的。夫妇两人脸色煞白,两人对视了一下,只好一动不动地看着老虎。老虎也站着,一动不动地看着他们。就这样僵持了不知多长时间,老虎打破了这个僵局,老虎向他们走来了,走了几步,老虎就小跑了。在这时,妻子想到了丈夫。因为丈夫是她的最爱,是她遇到的最优秀的地质勘探工作者,是新中国最年轻的地质勘探专家。不论怎样,为了自己,为了孩子,为了国家,自己都应该牺牲,于是妻子就慢慢地向老虎走去。丈夫想拉妻子,没有拉住。就在这时,丈夫突然对妻子喊了一声,就独自地跑开了。奇怪的是已经快跑到妻子跟前的老虎突然改变方向,向那逃跑的丈夫追过去。不一会儿,就从男人的逃跑的方向传来了惨叫声。后来那女的哭着平安地逃了回来。

当好伯一停下话头,我说了声活该。我说天底下怎么还有这样的男人!好伯等我发泄完了问:你知不知道那个丈夫喊的是什么?我说:老婆,我先逃了。好伯摇了摇头。我又说:老婆,你往另一个方向逃。好伯也摇了摇头。我说:老婆,对不起,我会年年给你烧纸的!

好伯把头摇成了拨浪鼓。好伯问我:你知道老虎的秉性吗?我摇了摇头。好伯说:你都说错了。那个男的对他妻子喊的是:照顾好孩子,好好地活着!说到这儿,好伯的眼里涌出了泪。那泪很浑很稠,莹在了他那深如古井的眼里。我很愕然,好伯知道我的心思,他接着说:知道动物园里为什么人们常常往老虎园里扔活鸡活兔吗?我说:那是锻炼老虎的野性。好伯说:在那种特殊的情况下,老虎绝对只攻击逃跑的人。这是他的秉性。最后好伯说:那一对夫妇就是我的父母。在生命攸关的时刻,我的父亲就是用这种逃跑的方式表达了他对我母亲的真爱和最爱。请问:在那种最危险的时刻,世上还有什么方式比"逃跑"更能表达爱的呢?

我摇了摇头说:没有,世上真的没有! 因为那"逃跑"就是牺牲啊!

我亲爱的你啊,为了你的爱人,快用"逃跑"向她(他)表示你的爱啊!

我是幸福的

妻子正在用针织着我衣服上的一个破洞。

我从电脑前抬起了头,长长地叹了一口气。

妻子问:累了?

我又唉了一声。

妻子说:累了就歇歇吧!

我无奈地笑了笑。

妻子问:你知道前村那个叫宏图的男孩吧?

我说:知道,我和他爸关系还挺不错的呢。我们都是闵楼联中的学生,他爸比我大两届呢!

妻子说:你知道吗? 宏图死了!

我一惊:怎么回事? 那可是一个好孩子啊!

妻子说:是个好孩子。他在临死之前做了一件事,让我感动了很久。

我问:什么事?

妻子问:你想听?

我点了点头。

妻子说:你也许不知道,宏图得的是白血病。在滕州人民医院住院期间,他和临床的一个叫玫瑰的女孩成了好朋友。玫瑰也是得了和宏图一样的病。在医院治疗的那段日子里,他们两人相互鼓励,共同微笑着面对病魔。终于有一天,医院里告诉他们,病情已经发展到了不可收拾的地步,她们两人都各自回家了。在宏图和玫瑰分手的时候,两人都哭了。哭过之后,他们就相互手拉手约定了一件事:相互写信报平安,只要收到对方的信,就证明对方还活着。另一方就没有理由不活下去!

三个月后,玫瑰手里握着宏图的信,满面微笑地离开了尘世。悲痛欲绝的母亲在整理女儿遗物的时候,发现了一大沓已经贴好了邮票还没有寄出的信。其中有一封是专门写给妈妈的。妈妈忙打开了信,在信中玫瑰告诉妈妈:她在住院期间曾和宏图手拉手有过一个约定,那就是相互写信鼓励对方,以此来度过人生的最后岁月。玫瑰在信中请求妈妈,让妈妈替她履行对宏图的诺言,把她写给宏图的信陆续地寄给他,让宏图知道她还活着。

玫瑰的信陆续地寄完了,玫瑰的母亲就学着玫瑰的笔迹给宏图写信。玫瑰的母亲也每周准时地收到宏图的来信。就这样过了半年多,玫瑰的母亲觉得自己有必要见一见宏图,并让他知道,有一个女孩要他好好地活下去!

玫瑰的母亲来到宏图家,宏图的母亲把她领进了屋,玫瑰的母亲问,宏图呢? 宏图的母亲指了指墙。墙上有一个黑色镜框,镜框上蒙着黑纱。镜框中有一个笑得像春天一样美好的男孩。宏图的母亲拿起桌上的一沓信哽咽地说:宏图在半年前就走了。他临走的时候交代我,让我在每周的周一准时把他写好的信寄给玫瑰,因为那个叫玫瑰的女孩得了和他一样的病,正在家里等着他的信等着他的鼓励! 宏图的母亲说:后来宏图写的信寄完了,我就学着宏图的笔迹给玫瑰写信,你看,这是我刚刚写好的……

玫瑰的母亲看着桌上写的信,泪唰地流了下来! 她流着泪告诉宏图的妈妈:玫瑰也于半年前就走了! 宏图每周收到的信,是她替女儿写的! ……

妻子讲完这个故事,默默地望着我。妻子的眼里盛满柔情。我的心一阵激动,我说:你也歇歇吧!

妻子点了点头说:你衣服上的这个破洞快织好了。

我的心热热的,我上前握住了妻子的手,妻子的手满是老茧。我说:谢谢你了!

妻子说:谢什么,我是你妻子!

我说:为了这个家,你累了!

妻子说:虽然累,比起宏图和玫瑰,我是幸福的! 因为,我还和你在一起!

妻子说这话的时候,脸上漾着笑,那笑是那样的悠远,那样的迷人。

张三奇遇记

首先告诉你,我叫张三。说实话,我的品质还是不错的,能力没多大,也没多少坏心眼。长相也不是多出色,当然,也不是多丑,是一般的那种。也就是说你把我放到人潮中,即使戴着八百度的眼镜,想找出我来也是很不容易的。我之所以这么说,无非想告诉你,我是一个普通而又平常的人。

说起来这也不是奇遇,可这比奇遇还要奇怪。有时我就想,人真的很渺小,说不准什么时候你就不是你了。

那时是春天,那是一个阳光明媚的日子,那天的阳光像刚刚在心里有了恋情的女子,脉脉含情地融化了我。那时我走在善州的大道上，我心里很快乐。春天了还能不快乐？不快乐那是傻瓜！我这样的人是不会成为傻瓜的。

善州的大道很宽敞，我走得一身汗水。而就在这个时候，我的裤腿被什么扯住了，低头一看，是一个跪在地上乞讨的孩子，十二三岁的样子，浑身脏兮兮的。我说，你放开我！

他说，叔叔，可怜可怜我吧，我一天没吃东西了。

我说，你没吃东西与我有什么关系呢？放开！

孩子看到我严厉的目光，怯怯的，就把手放开了。放开的时候，眼里涌着泪。我抬起腿，用手抽打了几下小孩抓过的地方。我发现，我每抽打一下，小孩都要眨一下眼睛，好像我每一下都是抽打在他的身上。我叹了一声气。当然，我的这声叹气叹得很夸张，很无可奈何。我接着从口袋里掏出五毛钱，放到了小孩跟前的茶缸里。小孩眼里的泪唰地流了出来，给我磕了一个头，说，谢谢叔叔！谢谢叔叔！

我说，不用谢。

再次遇见这个孩子是夏天的事了。那是一个晴朗的日子，是个下午，那时我走在回家的路上。我是骑着自行车的。我把自己刚领的稿费放在了包里，我把包又放到车筐里，我唱着一首名叫《东风破》的流行歌曲匆匆赶路。我很动情地唱着：谁在用琵琶弹奏一曲东风破，岁月在墙上剥落……这时我发现一双小手猛地伸进我的车筐里，抓起我的包像风一样地跑了，兔子一样。他边跑边回头看了我一眼，我发现那双眼睛，怯怯的，很熟悉，我想起来了，就是扯住我裤腿问我要钱的那个孩子。

我说，我的包，我的包！我的包被人抢了！人们围了上来，我用手指着茫茫的人海说，刚才，我的包被人抢了。是个小孩，我认识的，就是以前向我乞讨的那个。大家看着我，就像看一只正在表演的猴子。我急了,我说,你们怎么了,我的包被人抢了,你们快去替我追啊!

大家都不作声。

我说,难道你们没长耳朵吗?没有听到我刚才说的话吗?

大家都点了点头。

我说,怎么会呢,怎么会呢?你们怎么会没有耳朵呢?

大家都笑了,都指着我的耳朵。我说,你们别指我,我的耳朵在呢!

大家听我这么说,笑得更响了。我被他们笑蒙了,对自己没有信心了,我只好抬手摸了一下自己的耳朵,奇怪,我的耳朵怎么没有了。我说,怎么回事,怎么回事,我的耳朵怎么没有了?……

就是这样,我是在什么都不知道的情况下失去了耳朵。后来,我也不知怎么回事,嘴巴也弄丢了。

耳朵丢的时候我懊恼了很多天。那些天,我一个劲地想骂人。我在骂人的同时,我的嘴巴丢了。

丢的时候我不知道嘴巴丢了。住我对门的一个叫李四的说,张三呀,你天天张着嘴巴,你到底在说什么呀?

我说,我说骂人。

李四说,你怎么光张嘴不出声?难道哑巴了吗?

我说,你才哑巴哪!

李四说,你看,没有声音吧。我说呢,你原来真哑巴了!

我要用拳头打李四。李四一看,撒丫子跑了。

回到家,我问妻子,你能听到我说的话吗?

妻子摇了摇头。

我用手指了指我的嘴巴问,难道我哑巴了?

这次妻子点头了。

我大吃一惊。我说怎么会是这样呢?

妻子光给我打手势,我说,难道,你也哑巴了吗?

妻子点了点头。忘了告诉你了,我妻子在县委工作,是个公务员。

我说,怎么会这样呢? 当然,我说这话妻子是听不到的。

以上说的事都是真事。可我并没当回事,没耳朵没嘴巴对我没多大的影响。我是个作家,只要不把我拿笔的手丢了,我是不会计较的。大人物是不计较小事的。我还是每天写我的作品。我发现,自从我丢了耳朵和嘴巴,我的作品比以前写得多了。当然了,钱就挣得多了。我这人还是很爱钱的。看到钱,我的眼里会发出一种很强的光,就像太阳的光。钱哗哗地往腰包里进,我就整天咧着嘴笑,弥勒佛一样。有很多的人批评我这人没出息,来一分钱了咧着嘴,不是干大事的料。特别是李四,批评得最甚。他说,张三,你真小家子气,一点小钱就把你激动成这样,你如果当了领导,还不得经常休克? 我说,你说得对,你说得对。

秋天是丰收的季节。我的稿费单就像落叶一样哗哗地往我腰包里落。那天秋高气爽,风轻云淡。我到邮局里取我这段日子的稿费,我取了厚厚的一沓,心里美美的,就往家里走。刚走到一个胡同时,我的面前蹿出了一个持刀的人,持刀人说,抢劫!

我一看持刀人,乐了。这人我认识,就是上次抢我包的那个小孩。我说:怎么这么巧,又是你? 我上次让你把包抢了,没有追究你,就是对你额外开恩了,你怎么还再来抢劫呢!

小孩看出了是我,眼里很惊慌,拿刀子的手有些抖。小孩说,你到底拿不拿? 别光张嘴不说话!

看到小孩的那个紧张样,我就想笑,我看着小孩在不停地哆嗦。我就走上前去,想趁机把小孩手中的刀子夺下。当我来到小孩跟前时,小孩的眼中的光突然硬了起来,手中的刀子在我没有提防的情况下进入了我的身体,我只听一声哧的声音,接着,一股冰凉钻进了胸腔……接着我就觉得我不是我了,我发现我是鸟了,我会飞了……

小孩把我放倒后就拿着刀子跑了,不一会儿就没影了。当我倒下时,我才明白了一个道理:人是脆弱的。世上最脆弱的东西就是生命!

最先发现我的是一个戴老花镜的老头,他很惊慌地说:这不是李四吗?他用手拭了一下我的鼻息,大声喊了起来说:大家快来啊,李四被人杀了呀!……

我知道老头喊错了,我想对老头说:老人家,我不是李四,我是张三。我在一旁喊了很长时间,可没有一个人听到。我这才想起,我是没有嘴巴的。我想,不要说了,等李四的老婆来了就一切都明了了!

李四的老婆是一路哭着来的,哭得很动听,我想,自己要有这样的老婆那该有多好啊!李四的老婆一来就趴在了我的身上,大着嗓门哭。我想,李四家里的,你哭我不反对,你可要看一看你所哭的人是不是你的李四,是不是和你睡在一起的丈夫!

人是有心灵感应的,这一点我是承认的。我正这么想着,李四家里的好像知道了我的心声,就好好地把我的脸摆正,细细地看着我,边看边用手抚摩着我的脸说,我的李四呀,你怎么就这么走了呢?你咋走得这么惨呢?你走了我以后可怎么过呀?

接着李四家里的就用香水撒过的手绢给我一点一点拭擦脸上的尘土,把我的脸擦得很干净。李四家里的仔细地端详着我说:李四呀,我的李四呀,我今后可怎么过呀?……

当然了我被放到了李四的家里。后来我又被埋到了李四家的祖坟里。

直到如今，我还不知道我张三怎么就成了李四的。怪不得人们常说：人世上的事是永远也弄不明白的。以前我以为我是作家，自以为比别人能，比别人聪明，没有自己不清楚的事，现在想想，我连自己是谁都没弄明白，我真是太愚蠢，太无知了！

谁能告诉我怎么变成李四的？如若你知道，那么就给我打电话吧。

小呀小姐姐

张秀才大号张君瑞，善州王朝人氏。

张秀才生得唇红齿白，貌似潘安，很儒雅。用现在的话说，帅呆了，酷毙了。

张秀才在善州街上一走，就晃一街人的眼，特别女人，心都不在自己身上了，都随着张秀才一颤一颤地走。很多的女人为了他睡不好觉，吃不香饭，最甚者当属善州城里王员外的千金风儿。

风儿长得丑，个子不高不说，脸上也不整洁，满脸的雀斑像夜空的星辰。眼儿呢，一个大一个小，大的是双眼皮，小的呢是单眼皮。

风儿知道自己丑，知道丑就明白自己不能爱张秀才。可明白归明白，自己就是不争气，所以风儿心里就很难受，一难受风儿就怨，就怨那次庙会。风儿想，假如没有庙会，自己也许就不会这样了。那天自己怎么就去了呢？真该死呀！

开始是不想去的,庙会有什么赶头呢?拥拥挤挤的。他是小姐,是千金。千金就有很多的讲究,诸如笑不露齿、行不露足等等,规矩很多。

可那天风儿心里很乱,乱得她难受,坐立不安的。怎么会这样烦呢?风儿想不明白,当时只想,也许是春天的缘故吧!后来呢,风儿就走出了绣楼。后来就去了庙会,是和丫鬟一起偷偷去的。当她俩走到明月酒楼的时候,就见一个胖者拉着一个青年的手,要他留副对联。丫鬟告诉她,那个青年就是咱善州第一才子张君瑞。风儿听说过张君瑞的事,于是他就注意看那公子。只见那公子眼里闪着光,光很温馨,很暖人。那公子稍一沉思,然后说:七不好八不好九好,喜也罢优也罢喝罢。张秀才摇着一把纸扇,神采飞扬的,很酷!

看了这一眼风儿就丢不下了。后来风儿摇了很多次的头,想把张秀才甩开,可每次摇过头之后,张秀才不光没甩开,反把自己甩丢了。张秀才反而在自己的脑海里更清楚了,特别那眼神。风儿就偷偷地骂自己:小死妮子,你完了。你完了呀!

骂也没用,她还是想,想得很厉害,后来就病了。

开始,她没好意思告诉给爹和娘。话丑,说不出口呢,等到想说时,病就很厉害了,丫鬟就告诉了王员外。王员外很疼闺女。老员外一辈子就这么一个闺女,视若掌上明珠,就差人去张家提亲。回来的人告诉王员外,张秀才在三岁的时候就和城北赵家的闺女定了娃娃亲。

王员外就犯愁。有人就给出了个主意:找一个和张秀才面貌相似的人代替他不就解了小姐的念。王员外一听,对,对呀!

真找了一个,长得和张秀才挺像的,穿起蓝衫,活脱脱一个张秀才!

那天王员外就领着那个"张秀才"去见风儿。风儿惊了一下，慌地起来，牢牢地盯着看，看着看着风儿就笑了，很苦地笑，笑得很失望。她就对王员外摆手，让那人走。

风儿对爹和娘说：不是那个人，不是那个人呀！

娘说是，爹也说是，大家都说是。

风儿说：娘啊，瞒不了儿的心啊！

大家就不好再说什么了，就挥了挥手，把那人领走了。

这次，王员外真的犯愁了。风儿的病越来越重，王员外的心越来越疼。没法，老两口就在一天的傍晚，去了张君瑞家。

当时张秀才正在家里读《春秋》，王员外老两口一见张秀才先是在心里颤了一下，想，怪不得，不怨女儿呀！接着，两人就给他跪下了。张秀才有些措手不及，忙搀扶。王员外说：求你个事！

张秀才说，你快起吧，有什么事咱们好说呀，你这样是在折杀我呢！

王员外说，去我家去一趟吧，我家的风儿就要毁了呀！

张秀才只好去了。

风儿看到张秀才，眼里满是惊诧，以为这是在做梦，接着就揉眼睛，才发觉这是真的。风儿眼里就闪现一种光芒，像夏日正午的阳光。她向张秀才伸出了一只手，接着又伸出了一只。张秀才看到那双手很瘦，很白。可这一切，都是因为他啊！张秀才的心就开始抖，泪就在眼里汇，接着眼里就结出了两颗珍珠。张秀才就把手伸给了风儿，风儿紧紧地握住了，很幸福。

张秀才这时才感觉她的手是一团火。

张秀才没有吭声，只是他的那粒泪吧嗒掉下来，被风儿捧在了手上。

风儿笑了笑对张秀才说：谢谢你，能有你为我流的这粒泪，我就足了,足了……此时风儿眼里的光正一点一点地烈,一点一点地亮,接着就像断了油的灯捻,什么也没有了。

张秀才只好把手抽了回来。他仔细地看了看自己那双被风儿握住的手,长叹一声说:罪过,罪过啊!

张秀才就给王员外作揖说:对不起啊,真的对不起啊!

王员外看了看自己的女儿,又看了看眼前的张秀才,忙说:你没错的,真的,你一点错都没有!

张秀才说:我知道我没错,难道我没错就对了吗?

王员外又看了眼自己的女儿,女儿睡着了,嘴角汪着笑,很调皮。王员外说:这个,我,我不知道。王员外说的是真心话。

张秀才知道王员外说的是真心话。

第二天,张秀才就去了善州南面的山。

山是悬心山。山上有座庙。

后来,那个庙里的香火很旺。

丢不开手中的那粒果

是前段时间的事,我的一个官场上的朋友突然给我打来电话,说想见我。我说你可是好久没有同我联系了。他说是的。我说我又不是总统主席的,想见你就来吧。他说好,接着就打车过来了。

这个朋友原是一个局的副局长,我们原是很好的文友,后来他弃文从了政。我呢,还是写我的破文章,交往就不如以前多了,但时不时地还联系。他有时像做梦似的给我来个电话,说正和谁谁谁在哪里喝酒呢,一提就提起你了。还有一次,他从广东给我打来了电话,说正和一个老板谈投资项目呢。老板有文学情结,爱看小说,知道你的大名呢!我说你替我谢谢人家。这年月如果还有人看书,那这个人不是人精就是疯子。但老板看书,可就不能等闲视之,绝对是一个可圈可点的人啊!

朋友是从一个农民起步,一步一个脚印走上来的,没有后台没有钱,靠的全是能力。混到如今,能混到副局长,在我们这个小县城,也算是个人物了。他平时挺着个小将军肚,很有成就感。但我这人有个臭毛病,就是不喜欢和官场上的人打交道,特别是不喜欢和在任的打交道,落魄的,我还是愿交往的。因为他们是失落的人,是需要安慰的人。

朋友到了我的住处,看得出来,朋友受了很大的刺激。来了,就一个劲吸烟,一根接一根地吸,不一会就把我的屋子吸得乌烟瘴气。朋友为什么这样,我也没问,他想让我知道的一定会对我说的,不然,你问也问不出来。这个道理,我懂。

晚上,我本想光吃饭不喝酒的,朋友不愿意,非要喝。我虽然不能喝,但也只好舍命陪君子。朋友喝着喝着就喝多了,就说他的痛处。原来这次我们市进行调整,按他的能力和威信,本来他们局的局长该退了,局长私下和公共场合说过很多次自己退了就让他顶上来。再说了朋友在局里是二把手,理应也是他。可这次调整的结果一公布,原来他们局排在最后的那位当了一把手,可朋友恰恰同他又不融洽,新上任的局长一"组阁"就把朋友弄了个闲职,朋友那个气啊,就请了病假。

我原以为是什么大事呢,一听是这么回事,就觉得朋友有点小题大做。朋友问我:难道这不是大事?我说作为你是大事,可作为我却是小菜一碟。我告诉他人活着什么都要看开,有些岗位让你干有让你干的道理,不让你干有不让你干的原因。什么事都要随缘的!

朋友听了我的话没言语,我知道他心里有想法,还有就是不服气。官场上的人我见多了,都觉得自己是普天下最优秀的,哪有几个人是很清醒的?朋友的那点小心胸,我再看不透,我还写什么东西?回家卖红薯去算了!

这时我的手机响了,是猎人王打来的,问我明天有空吗,跟着他去龙山捉"能猴"去。

猎人王是我的一个很好的朋友,住在龙山脚下以打猎为生。但他最会捉"能猴"。"能猴"是龙山上专有的一种猴子,特聪明,像下套子,挖陷阱之类的根本捉不到它。但猎人王捉"能猴"是一绝,只要想捉,没有他捉不到的。好多次我问他到底是用的什么办法?他都是对我一笑,什么也不说。只是说,有机会,他会带着我一起去捉。

我问猎人王还要我带什么。他想了想说,你就带一大瓶香槟吧,咱们很长时间没在一块儿喝酒了,好好喝一下。

第二天我和朋友一大早到超市里买了香槟就骑着摩托车到了龙山。从我这里到龙山有一个多小时的路程,现在又都村村通公路了,很好走的。猎人王正在家里等我们。他老婆正在用油锅炸花生米,没进家门我就闻到花生米的香味了。猎人王说,咱们到山上喝酒去,我让你嫂子准备点下酒的菜。没多大会儿,嫂子给我们准备了四个菜,我让朋友拿着菜,我扛着小炮弹一样的香槟,猎人王两手空空的在前面领路,我们就上龙山了。

爬了两个多小时,我们又累又饿,这时到了半山腰的一个比较宽敞的地方,猎人王看了看树枝和地上丢的一些野果说,这儿是"能猴"经常出没的地方,并告诉我们,市动物园对他说几次了,要给他们捉一只"能猴"。他一直没给捉,这不马上到暑假了,动物园催得急,只好今天请我们一起来捉了。我们能帮你什么? 他说,什么也不要帮,只要陪我喝酒就中。咱们只要把这一大瓶的香槟喝了就算帮他的大忙了。我们又饿又渴,就打开香槟喝起来,香槟哪是酒啊,简直是红糖茶,没多大会儿,就被我们喝了个底朝天。猎人王接着又变戏法似的从口袋里掏出三瓶红星二锅头,说,没喝足再喝这个,我们就一人一瓶又喝起来。喝着喝着,猎人王好像想起什么似的说,对了,你们先喝,我去办点事,说完拿起我们喝空的香槟酒瓶,又抓起一把油炸的花生米,到一边去了。没过几分钟回来了,我们又接着喝,我们正喝得兴高采烈,忽然听到不远处传来吱吱声。猎人王说捉到了,起身就朝发出声响的地方跑去,不一会,就见猎人王牵着一只小猴过来了。猴子的一只手伸在我们刚刚喝空的香槟酒瓶里,它紧紧攥着拳头,就是不松手……

我们都很纳闷,猎人王到底是怎么抓到"能猴"的? 猎人王说,抓"能猴"其实非常简单,第一"能猴"最爱吃花生,还有一样就是,只要是它抓到的东西,就永不会松手。我呢就把花生米放到酒瓶里,然后把酒瓶用两块大石头固定住,"能猴"闻到酒瓶里有花生米,就努力地把手伸进瓶里,去抓里面的花生米,他的手臂很有伸缩性,手会很容易地进入瓶内,只要抓住花生米,他就不会松手,就是人捉住他了,它也不会松手的,你们看! 我们仔细看了,"能猴"的小手真的攥得很紧——因为它手中正攥着一颗或几颗让它一辈子都吃不到的花生米。

看到"能猴"那紧紧攥着的手,我的官场朋友的脸唰地红了。在回来的路上,他偷偷告诉我,其实,他也是那个"能猴"啊!

弯腰吃草

一只羊儿,白色的,领着只羊羔儿,也是白色的。它在草丛中低头吃草,在长她的奶。奶水足了,羔儿才能幸福地长大。

那儿的草不肥,黄黄的,营养不良的样子。羊儿弯着腰,为了吃草,羊儿在很久之前就把腰弯了,把腰和腿索性弯成了直角。羊的头伸得很长,在草丛中找可口的草儿。羊吃得很认真,一口一口,嚼得很仔细,小女人似的。有蜻蜓站在一株草上,累得草一弯一弯地挺着身子。蜻蜓瞪着双大眼睛,看着羊儿的嘴,一剪一剪的,草儿流出绿绿的汁。来来回回蹦跳着的蚂蚱知道,那是血,草的血。

羔儿不知道,蹦蹦跳跳的年龄里满是新奇,草儿是好东西,奶样的香。羔儿的唇嚼着草的绿,草的香。羔儿只有稚嫩的唇,牙还软,叶上就残着羔儿的口水,有着羊儿的奶香。

羊儿默默地吃草,在这个日子,只有吃草才是他活着的全部。羊感觉有些累了,就慈祥地看着羔儿,羔儿在调皮,在撒欢。一条蛇蜿蜒流来,蛇是红色的,它被羔儿的欢乐感染了,也想来分享一下。可羔儿怕,慌慌地藏在羊儿的身下,只留下两只眼睛惊惊地望。蛇儿想,怕啥呢,咱们是邻居。蛇就往羊跟前凑,吐着舌头想和羊说话。羊儿叫了一声,那叫声很严厉。那叫声是在说,你吓着我的孩子了! 蛇儿想告诉羊,咱们住得很近的。羊却拒绝了蛇。羊说,你走吧,我的孩子还小,怕你呢! 蛇儿有点不想离开,蛇儿想，我没得罪你，干吗这么凶呢！羊儿不客气了，伸出了两只角，瞪着两只眼儿，眼瞪得很圆。蛇儿很生气，只好转过身，扭着腰，一步三摆地走了。

羊儿用舌头轻舔着羔儿。羔儿偎在羊的怀里，满眼的恐惧。羊儿很爱怜地看着羔儿，羊儿看羔儿那咚咚心跳的样子，很心疼。

有风徐徐流来，水样梳着羊儿的毛发。羔儿渐渐忘却了刚才的恐慌，又幸福地玩去了。羊儿看着羔儿，羊儿很高兴。因为羔儿不再怕了。

天上有云在飘，白色的，一群一群的。羊儿抬头叫了几声。羊儿觉得很美，仿佛谁在天上牧着他们，让他们愉快地吃草。

吃草是为什么呢？是为了长肥长大。长肥长大是为什么呢？羊儿不敢想了。一想羊儿的泪就要流。羊想，想那么多干啥呢？自己的先人不都是这样一步一步地走过来的吗？她们之中肯定有很多的智者，可最终怎么样了？羊想，也许这就是人所说的"命"？羊儿信。

羊儿想，还是教羔儿怎么吃草吧！草是好东西，管肚子不饿，管自己长大。羊想，自己这辈子，也就是吃草的过程。有时羊就看着那些折腾的羊想：别能了，你比谁也高明不到哪去，别觉得一能就不是羊了，就是牛了，就是人了，憨呢！

羊儿发现这儿的草吃得差不多了，便抬头喊了一声。牧羊的是个十二三岁的男孩，听到了，看了一下羊。男孩正在追着一只大蚂蚱。蚂蚱们惶惶地飞，鲜活了这块草地，使这块草地满是内容。男孩手里拿着用草茎串着的蚂蚱，就像田里沉甸甸的谷儿。羊儿又叫了一声。男孩这次仔细看了羊儿。男孩发现羊儿四周的草儿光剩下光秃秃的梗儿，梗儿硬硬地戳着天。男孩知道，该给羊儿换个地方了。

男孩又找了一块草茂的地方,比前块草地好一些。羊儿还没吃饱,便认真地吃。羊儿弄不明白的是,本觉得饱了,怎么一泡尿下去,肚子又瘪了。羊儿想,只要活着,就得不停地吃草,永远地弯腰吗?

男孩把羊拴牢又去追蚂蚱了。羊儿望着男孩,满眼的羡慕。羊儿弄不明白,他怎么就该牵着我呢? 是因为我太温存了? 太善良了? 难道善良就该被人用绳牵着? 就该被人欺负? 羊儿想不通。

羊儿想,这个造物主真是不公道。有很多的东西,从一出世就注定了。抛开自己不说,就说地上这些开着的红花、蓝花的草儿吧,长在这儿,碍着谁了? 却要被吃掉。也是很残酷的,下场也是很可怜的,羊儿的心颤了,就默默地对着草儿说:对不起呀对不起。

羊儿觉得自己的肚子圆了,饱了。羊儿抬头望了一下太阳,太阳挂在西边的天空上,像一个熟透的香瓜,熏得整个天地都金灿灿地香。羊儿皱着鼻子嗅了几嗅,真美!

男孩跑了过来。男孩手里捉了几串蚂蚱,有大的有小的,还有怀着崽儿的。蚂蚱串在草茎上,在做垂死挣扎。有儿个把脖子都拧断了,勇士一样死在男孩的脚下。男孩没有看到,只是牵着羊走在回家的路上。男孩一边走一边想,让娘把蚂蚱用油炸了,又是爹的一顿下酒菜!

羊儿匆匆地跟着男孩走。

羊儿是不愿走进男孩家的。羊儿知道,男孩家有把刀子,很长的一把尖刀,正灼灼放光呢!

杀手如麻

当如麻蹲下身子去洗手上的血时,如麻猛然感到脑子里空空的。

如麻看着水,水也在看着他,只不过,水在流。

这是条小溪。水很清。有石子在水底显示着灵性,有花在岸上芬芳着鲜艳,有鱼儿在水中游动着鲜活。

如麻就发觉,他的脑里真的空了,什么也没有,只有一片茫然。这个时候,如麻才明白师父说的话。

师父说:每一个人都是来世上做一件事的,事完了,他也就空了。

师父说:如麻,你是来世上报仇的。这是没办法的事。

真是没办法的事。如麻一家308口人在一个风高月黑之夜被人杀了307口,碰巧那天他去了外婆家。

父亲是武林盟主,号召着三山五岳的黑白双道。然而一夜之间,全家除他之外死了个精光,这不能不让整个武林震惊。

然而震惊也没用,谁都知道杀死如麻父亲的是新任盟主白霸道。大家都知道,大家都不说。

那年如麻八岁。

如麻仔细地洗手,手上的血是白霸道的。三十年了,白霸道终于死在他的剑下。

那时白霸道望着他的剑,白霸道很平静,像一汪水。白霸道在弹着筝,筝弹得很稳,很老到,很有韵致。

白霸道头上已是皑皑白发。白霸道只是说:我生下来就是做盟主的,所以我杀了你全家。不杀你全家,我做不了盟主,这是没办法的事。

白霸道说:我已做上盟主了,我活着的任务也就完成了,从做上盟主的那天起,我就等着你,我知道你一定会来的。

白霸道说:其实杀完你全家后,我就发现少了一个你。我本想斩草除根,最后我没有。我想,我还得等着你送我上路,不然,我活着就没了盼头。

白霸道说:我等你已 30 年了,30 年,真是漫长,我感觉有好几个世纪。我等得有点心焦,你如再不来,我不知道还有没有精力等下去。

白霸道说:你动手吧,我早就盼着这一天了!

如麻望了一下手中的剑。30 年了,307 口人的生命。如麻望了一下他的剑,他发现,他的剑在哭,在喊,在颤抖。

白霸道的手下横眉怒目,弹剑出鞘。其中当然有很多是如麻父亲手下的。白霸道的手一挥,制止了。白霸道说:这事与你们无关。你们走吧!

如麻只望着他的剑。

白霸道说:我知道,我是不该那么做的,为什么要杀那么多人呢? 那都是活生生的命,可不杀不行。因为我想当盟主,这是我的愿望。我知道要当盟主就得去做一些事,当然,包括杀人,我就杀了。因为那一年我已五十多岁了。五十多岁啊,不杀就没机会了!

白霸道说:有时我就感觉自己真无辜。白霸道说着拿起了身边的剑。

那是至尊剑，是盟主的象征。如麻知道，那是父亲的。

白霸道用手弹了一下剑背，剑响一声，很清凉，如麻就觉身子一颤，仿佛父亲在唤他！

白霸道啧了一下说：好剑呀，好剑！

如麻知道，今天少不了一场恶战。如麻想，怕什么，无非不是他死就是我亡。

如麻端平了手中的剑，剑身一扭，锋如游龙，直抵白霸道咽喉。

只听哧的一声，剑尖直入白霸道咽喉，接着剑尖儿从颈后出来了。

如麻没有想到，一点儿也没想到，做梦也想不到，白霸道竟不还手。白霸道的脸上有笑，佛一样。

如麻没有想到这么顺利。三十年，三十年啊！如麻想，报仇，真是太容易了！

如麻洗净手上的血迹时，就觉得脑子里空得难受。如麻想，脑子怎么这样空呢？

这时，远方随风飘来了钟声。

声音很浑实，很深厚，很有感染力，如麻就觉得脑子在一点一点地充实。如麻望了一下发出钟声的地方，钟声在风中走，走得很缓，很有根基。如麻就丢了手中的剑，剑当的一声落在地上，地上很凉，剑翻了一个身。

如麻双膝跑跪在寺门口。如麻跪了三天三夜，没人开门，便一直跪了七天七夜。

方丈叹了声，把门开了。方丈搀起了如麻。如麻望了一下方丈，泪就流了，泪很浑，有血在里面流。

去金佛山

夏日的一个早晨,太阳刚从海里上了岸,身上的海水还没干。我走在乡村的路上,我为一篇作品的结尾在绞尽脑汁。

这时,我身边过来一个中年人,脸出奇地白,很儒雅很有气质。他脸上带着笑。他高高的个子,我要看他时得仰着脸。他从前方向我走来,在离我有两步远的地方,停下了脚,笑着向我打招呼:你好。

我对他笑笑,对他点了点头。

他说:我知道你在想什么。其实,你想要的那个作品的结尾在一个地方你能找到。

我掏出口袋中的镜子,看着镜子,梳了梳被晨风打乱的头发。然后问:那是什么地方?

中年人说:是一座山。

我问什么山?

中年人告诉我:金佛山。

我说我知道泰山华山峨眉山,我不知道金佛山。

中年人告诉我:金佛山在重庆市南川区,集国家级风景名胜区、国家森林公园等七项国家级桂冠于一身,现在正申报世界自然遗产。那人说,在那里,你会见到你想见到的佛。

我说:真的? 不会吧!

中年人说:你不信?

我点点头:真的不信。!

中年人说:好,我让你去。你见了,就会信了,就会知道我没骗你。

我在鲁南的滕州,离重庆可有千里之遥啊!即使坐火车,最快也得一天一夜,除非坐飞机。

中年人笑了:你如果真想去,我可以让你马上就到。

我说:我不信,打死也不信。那人说:好吧,我给你一匹马。说着那人叫了一声:马来!从东边跑来了一匹浑身洁白的马。我真不敢相信自己的眼睛,眨了几眨,是真的,那马跑得很快,不一会儿就来到我面前。

看着目瞪口呆的我,中年人说:上马吧!

我朝那人点点头,跨上了马。这时才发现,我胯下是一副银鞍。白马打着喷嚏。中年人问我:想好了吗?

我说:想好了。我都已经上马了,还能没想好吗?!

中年人说:你把眼睛闭上吧!当然你也得把心闭上!

我说:我会闭眼,可不会闭心。

那人告诉我:闭心很简单,就是什么都不要想,把心想象成一池清水。

我照那人说的做了。我感觉心里很清凉。

中年人说:走!

我就觉得耳边响起呼呼的风声。我听到了燕雀渐渐远去的叽喳的叫喊声。不一会儿,风声止了,耳边出奇地静,我感觉白马已停止了脚步。

这时白马打了一个喷嚏。我下了马,发现自己已在一片深山里。白马在我身后离开了。

这是哪儿?

这时前面过来一位老人，身上背着柴，手里拿着砍刀。老人有六十岁的样子，脸很黑。我走上去，叫了一声：大爷，我问个路。

砍柴的老人止住脚步。我问：这是哪儿？

老人一脸的疑问，说：这是金佛山。

我问是重庆南川的金佛山吗？

老人点点头：是啊，原来你知道啊！

我这才知道那个儒雅的中年人没有骗我。

打柴的老人看我两手空空，就问我是来干什么的。

我说是来这儿寻佛的。

打柴的老人看着我就笑了。老人笑得很有内容。我知道老人知道我想要的一切，就问老人：这儿是金佛山，佛一定很好寻。

老人笑了，点点头。我问：怎么才能找到佛呢？

老人看了看我，问：你找佛有什么用啊？

我说：我有一个小说的结尾不知怎么结。

老人没有说话。只是匆匆地走。

我追了上去，我说：求求你了，告诉我好吗？

老人唉了一声。老人问：你身上有什么？

我摸了一下身上，又摸了一下口袋。我说我有个镜子。

老人说：好。之后老人告诉我：佛，就在你的镜子里。

我半信半疑，就打开镜子，我发现，镜子里真的有一尊佛。是金光闪闪的坐佛。佛祖微合着双目，掌心向上，双手在胸口托着。

我很惊喜，对老人说：你看，我镜子里真的有佛呢！真的是金佛呢！

可身边空空如也，老人不知何时离开了。

这时我觉得背上一沉，向身后一看，我背上却不知何时背上了老人的那捆柴。

老公就是前世葬你的那个佛

　　她和他是自由恋爱结婚的,当时她们都觉得对方是自己的另一半,今生可算找到了,就非常珍惜,所以就爱得很深。后来有了孩子,两人呢就把自己的感情重心往孩子身上转移,给对方的爱就没以前多了。孩子大了,会缠人了,一缠,把她的温柔就缠去了不少,她就开始有些脾气了,开始小,小着小着就大了。他就觉得她变了,真的,变得都不是她了,是别人了。她也觉得他不是以前的他,变得婆婆妈妈没点阳刚味了,男人没了男人味,还是男人吗?她想不是,绝不是!她就想让他有点男人味,可他就是不争气,依然故我,她就感到很生气也很失望。

　　于是,两人就有了第一次争吵。当然,起因不是因说他没男人味,而是生活中的一些很平常的鸡毛蒜皮的小事。事小得不值得吵,最大也是界于两人可吵可不吵之间,可两人谁也没让谁,吵得很凶。吵完后两人都觉得真好,把心里憋了多少天的怨气和委屈都倾泻出去了。

　　任何事只要有了一,就有二,有三。有了开始,就会有发展,就像一出戏。人生就是一出戏,婚姻也是一出戏。他们的争吵就有时低沉有时高昂,在日子的行进中,他们都感觉到,争吵就似一块海绵,慢慢吸干了他们的激情和亲情。他们感觉到累了。

　　每次吵完,当他们看着对方那青蛙似的模样时,总是感觉他(她)怎么是这么的丑陋啊,当时怎么会看上他(她)啊,是瞎了眼啊！嗯，是真瞎了眼！

一这样想，心里就豁然开朗了，就想，这是他们唯一的结局啊！

刚开始他们不好意思提，毕竟有孩子，并且孩子还不大。后来孩子大了，孩子有承受能力了，他们觉得这个话题可以作为打击对方的一记重拳了，就先从她口中说出来了：没想到，没想到啊！他根本不示弱，他说，离就离，谁离不开谁啊！

她毕竟觉得两人还没到非离不可的地步。她那一次先低下了头，她说，我怕了你还不行，咱们不吵了好不好？他一听她这么说也就不再说什么了。

但吃一锅饭，睡一张床，舌头和牙这么近有时不经意还咬一口呢，别说两口子了。两口子是什么啊，是前世的冤家啊。老俗语，不是冤家不聚头，聚在一起，就是来讨前世对方欠自己的。

孩子一大，他们就吵得无所顾忌，该吵也吵，不该吵的时候也吵，有时就感觉，一天如果要是不吵这么一架，这一天就过得很空，白过了。

刚开始吵的时候，邻居们还劝，后来邻居们习以为常了。有时他们不吵，邻居们倒觉得不正常，就相互打听咋回事，太阳从西边出来了？知道的就说，女的回娘家了或男的出差了。大家就相互一笑，把各自悬着的心放回了心窝。

直到有一天她们觉得不能再这样过下去了。那一次，他们唯一没有吵。他说，离吧？她说：好啊！我早就盼着这一天了！

两人真的去了民政局。

民政局里的一位五十岁左右的中年男人接待了他们。中年男人给他们倒了水放到他们跟前说，喝吧。然后说，还是离了好。但得说说，为什么离啊？

她先说的,说了好多,比如这,比如那等等;他也说了很多,当然不是她的优点。中年男人又问女的,你说真心话,他有优点吗?她看了看他,沉思了一会儿点点头。中年男人笑了笑说:说说,都是什么地方啊?她说,不抽烟,不喝酒,很顾家,在家里什么活都干,还有……中年男人止住了她,不要说了,这些就够了。中年男人又问男的,她有优点吗?你也说说。他看了看她,脸就有些红了,说,平心说,她的优点是有的,孝敬父母,会过日子,做事不拖拉,疼孩子……中年男人摆摆手说够了够了,有这些就够了。

中年男人说,我有个孙女今天五岁了。每天起床她常爱打开窗户向窗外看,因为我家住在公园旁边的楼房里,是二楼。一开窗就能看到公园里的花,闻到扑面而来的花香。可就在昨天早上,我正好在家休息,我正在看书,忽然听到在窗口旁传来孩子的哭声。我忙跑过去,问怎么了。孩子指了指她打开的窗户。我到窗口一看,原来窗外对着闹市,有一屠户在杀羊。屠户嘴里横咬着刀子,羊在绝望地喊,他正把闪着亮光的刀子往羊的脖子上插……我忙把那扇窗户关上了,接着又打开旁边的另一扇,盛开的鲜花和浓浓的花香扑面而来。我把孙女拉到窗前,说,孩子,你开错窗口了,你看,窗外的这些花儿多美啊,蝴蝶飞得多美啊!孙女看着花和纷飞的蜜蜂蝴蝶,小脸马上盛开了笑容。她对我说,爷爷,好美啊!好美啊!孙女说,爷爷,要是奶奶和我一起在这儿看,你说多美啊!我说是的。

女的像想起什么似的问:孩子的奶奶呢?中年男人脸红了一下说:她在别的地方住,嗯,在儿子那边住。说到这儿稍停了一下,然后喝了一口水换了个话题说:其实你们俩和我小孙女一样,在观看对方的时候,都开错了自己心的窗口啊!两人不解。中年男人说:每个人都有优缺点,自己的爱人也是一样的。如果把目光都放在爱人的好上,那爱人就是完美的,是值得深爱的;如果把目光放在爱人的缺点上,那他(她)就是这个世界上最值得丢开的人。婚姻中的男女,一定不能开错心的窗口啊!不然婚姻就危险了,就会和我的小孙女一样会泪流满面的。中年男人说到这儿话锋一转说:你们两人都还知道对方的优点,这就说明你们还都念着对方,只是因吵架,吵得光想对方的孬了。一旦过了气头,对方的好就又回到你们的心里。你们只要和我小孙女一样打开另一扇窗口,你们都会看到爱情中最美好的风景,婚姻中最美丽的景色。

两人的脸红了,都低下头。她像想起什么似的问:都说两口子是前世的冤家,是不是啊?

中年男人没有说是也没说不是,只是说,给你们说一个故事吧,这是我听一个朋友讲的。说的是有一个女孩到海里游泳淹死了,后被海浪冲到海滩上,女孩就赤裸着躺在了那儿。第一天有一个男人从沙滩上经过,他看了一眼女孩的身子,就装着什么也没看见,走开了;第二天又有一个男人从这儿路过,他看到了女孩,轻轻走到尸体身边,叹了一口气,然后把自己身上的衣服脱下来,盖在了女孩身上,然后就离开了;第三天,又来了一个男人,那是一个和尚。他看到了女孩,和尚来到了女孩身边,他先给女孩念了超度的经,念后用手在沙滩上挖了一个坑,把女孩埋葬了。后来,女孩又转生到了今世,她又遇到了在海滩上遇到过的三个男人。第一天遇到的那个男人她们在茫茫的人海中擦肩而过;第二天遇到的是那个为她叹息并脱下衣服盖住她的男人,她们好好爱了一场,最后又各奔东西了。后来她嫁给了亲手埋葬她的那个和尚,做了他的妻子。

女人说,那个男人可是个和尚啊!

中年男人说：是啊，正因为那个和尚葬了她，所以才成了女人的丈夫，因为今世的男人是女人前世的佛啊！

女人听到这儿，泪哗地掉了，她握住丈夫的手说，对不起，对不起啊！

他也紧紧地握住妻子的手说：该说对不起的是我啊！

之后她俩就一起给中年男人深深地鞠了一个躬，然后牵着手肩并肩地离开了。看着两人越来越小的身影，中年男人眼里滚出浑浊的泪，他暗暗下定决心：不能再不好意思说了，今天下班，他一定要踏上他久违的那个门，把他今天讲给这对夫妻的话给孤独的孩子奶奶讲一遍。他明白，她会感动的，一定会重新挽起他的手的。

局长敲不开家的门

局长姓李，叫李万机，很忙。但他的仕途顺畅，原是一个乡镇的通信员，后来当了文化站站长，后来又参选副乡长，后来进了城，到环保局当副局长，再后来就是局长。

刚开始进城的时候，李万机还没忘记自己是谁。再忙，回家敲门的时候，还没忘自己是李万机。妻子在门里问：谁？他说：我。妻子又问：我是谁？他说：我是李万机！妻子一听是他，就会把门打开，让他进家。

可自从李万机在环保局当局长后，就不知道自己是谁了，但有一样他记得很清楚，他是李局长。也不怨他不知道自己是谁。

没当局长之前,很多人都叫他的名字。可当局长之后,叫他名字的人就少了,人们都改口叫他李局长了。李局长李局长地叫,时间一长,他就逐渐把自己的名字忘掉了。

可他的老婆梅花却没忘。李万机能成李局长,这一切都多亏了老婆梅花。梅花是李万机的贤内助。李万机的每一步,他老婆在背后都替他撒下很多的汗水。不然人们常说:一个成功的男人背后都站着一个伟大的女性。梅花就是李万机身后的那个伟大的女性。

要说梅花的伟大,那还得说她身后的一个人。梅花能有这么聪明,这多亏她的母亲。她母亲虽是个小脚老太太,却是一个很睿智的老人。说一件老人开导梅花的小事吧。那时梅花和李万机刚结合,李万机英俊潇洒,让梅花很有些担心。她把这种担心告诉给母亲,并问母亲自己怎么才能把握住丈夫。老人当时住在乡下的老家,听女儿说完没有吱声,只是拉着女儿来到院子里的沙堆旁,蹲下,然后用手捧起了一捧沙。老人说,孩子,仔细看我手里的沙子。梅花就看着母亲的手,沙子捧在母亲的手里,一大捧,金黄黄的,没有一点的流失和洒落。接着,就见母亲用力地把双手握紧,沙子当即就从母亲的指缝里泻落下来,等母亲把手张开时,原来的那捧沙子已所剩无几,留在手里的只是很可怜一小部分。梅花猛然明白了说:妈妈,我知道怎样把握我的爱情了。母亲问:说说你的感受。梅花说:爱情不必要刻意去把握,就像你手里捧着的沙子,越想抓得紧,握得牢,可流失得就越多,而自己真正握住的就越少。

梅花像手捧沙子一样经营自己的爱情和家庭,她一直过得很幸福很美满。可在李万机当了局长后,梅花发现丈夫不知道自己叫什么了。

一棵树的风花雪月

梅花知道这很危险。一个人如果不知道自己叫什么,那一定是件不好的预兆!梅花把她的担心告诉给母亲。母亲听了说:孩子,你的担心有道理啊,很多人犯错误就是从不知道自己叫什么开始的。你是妻子,你一定要让你的丈夫知道自己是谁啊!

老人接着给梅花说了一个办法。

当天,李局长晚上有酒场,喝到很晚才回家。一敲门,门在里面锁上了。李局长就踢门,说:开门,快点开门!

梅花知道是丈夫回来了,故意问:谁敲门?

李万机说:我,李局长!

梅花明知故问:李局长是谁?

李万机有点生气了:李局长是谁你不知道?是李万机!

梅花问:李万机,这个名字好熟悉,请问,李万机是谁?

这时的李万机脑子一激灵,他知道,妻子这样问他是有一些原因的,就想自从当上局长以后对妻子的冷落和自己的所作所为,头上惊出一些冷汗。他想,多亏了妻子的及时提醒啊!不然,我会把自己姓什么都会忘记的。知道自己是谁,知道自己姓什么对一个干部那是非常重要的事啊!于是他心平气和地说:是你的丈夫!

这时,门开了,梅花站在了门口。

李万机上去一把抱住了妻子说:谢谢你,梅花!是你让我知道了自己叫李万机!

梅花说:还有,你是这个家的家长!

李万机点了点头说:对,还是你的丈夫!

拣石记

这是一个听来的故事。

说是龙山出产彩石。彩石非常非常美,中外驰名。有两个喜欢彩石的城里人,在一天早上,各自背了一个背篓,上路了。

两个人走啊走,走了很久,把腿都走细了呢,把太阳走到了头顶,才到龙山。

彩石真多啊,五光十色,千姿百态。

两人就认真地拣。两人中一个年长,一个年轻。年长的叫你,年轻的叫我。

我从没见过这么多的彩石,我高兴坏了。我欢呼着,拣了一块又一块。

一路拣下去,到太阳落山的时候,我拣了满满一篓。

可你却拣了一块。

其实你也拣了好多,也有满满一篓呢,可你把这些彩石都放到了一块儿,就在这么多的彩石中挑了一块,是这堆彩石中最精美的一块。

咱们又在约定的地方会合了。你看我背了这么一满篓子,笑了。我看到你篓里只有一块,也笑了。

咱们两人就踏上归路了。那时太阳快落山了。

你背着背篓轻松地走。一路上走得轻松从容,不急不躁。

可我不行,刚开始上路时还没觉着,走着走着就觉得沉,觉得累,就跟不上你的脚步。我只好拣不满意的彩石往外扔。扔一块,我心疼一次。我惋惜地对你说,你看,这块彩石多美啊!

你就笑。你看着前边的路对我说,丢了吧,丢了就轻松了。

走了一路,我也就丢了一路。我觉得这一路走得狼狈极了。回到城里时,我发现背篓里只剩下可怜的几块。

我望着你,你始终走得不紧不慢,悠闲从容。走了这么一段路,你没出一滴汗,不像我,出了一身。我羡慕死你了。我唯一感到欣慰的是,篓里剩的彩石比你的多。想到自己篓里的彩石比你的多,我心里好受了很多。

后来,咱们两人就背着篓子,各自回家了。

又过了很久,久到咱们都老了。一天黄昏,在一条小河边,咱们又相遇了。那时你领着老伴,老伴牵着你的手,你们在散步。你就看着我,我像只离群的雁,像只孤单的老驼鸟。

我对你笑着说,活了这一辈子,累坏了,你看我背都驼了。

我看着鹤发童颜的你,问,你为什么活得这么年轻呢?

你想对我说出原因。也许你觉得我理解不了你说的话,就问我,还记得很早以前咱们去龙山拣彩石吗?

我说,怎么不记得呢!

你问,知道你的篓为什么沉吗?

我说,我拣得太多,背了满满的一篓呢!

你又问,后来你为什么丢了呢?

我说,太沉了,不丢,走不回家呢!

我说到这儿显得很惋惜,我说,那些石头太好了,我真不舍得丢啊!

你就笑了。你说,好看的石头太多了,你都要拣着,这就是你活得累的原因啊!

我不明白。

你说，人来到尘世，就好比咱们去龙山拣彩石，一路上，各种欲望、名利就好比一块块光彩夺目的彩石。你不想放弃，所以你的背篓就越走越沉，越来越重。你也就活得越来越累，越不轻松。所以说你走了一路，就累了一路，苦了一路。

我明白了，低下了头。我知道你说得太对了。猛地，我像想起什么似的问：你还记得你背篓里的那块石头吗？

你说，记得啊，那是一块很精美的石头啊！

我问，你那块彩石是什么呢？

你知道我为什么这么问。你就用手牵了一下老伴的手，给她理了理耳前的碎发。你说，那块彩石是爱情啊！

听到这儿，我愣了。你就过来拍了拍我的肩，然后就牵着老伴的手走了。

告诉你善良的价格

这是一个听来的故事。

在一个暴风骤雨的夜晚，有一对老年夫妇来到了泰山脚下一个叫宾归的旅馆。两位老人要求住宿。当时值班的是一位后生。后生很抱歉地对老人说，两位老人家，真对不起，我们这儿今天客满，没有空房间了。两位老人的脸上写满了遗憾和失望。看到老人一身的疲惫和狼狈，后生又看看外面的风雨。外面的风雨正以雄壮的豪情挥洒着自己的疯狂。后生很是不安，对两位老人说，今晚我值班,两位老人家如若不嫌弃,就到我宿舍里将就一晚吧。两位老人住进了后生的宿舍。第二天,两位老人要给后生付住宿费。后生说,老人家,我没能让你们住上舒适的地方,心里就很过意不去了,怎么能再收你们的钱呢?后生说啥也不收,两位老人也没再推辞。只是牢牢记住了这后生的名字和这家旅馆。

事情过去就过去了。后生还是在这家旅馆里当服务员。两年后,后生突然收到了一封信:天上掉下了一个馅饼,让后生到省城里的一家大宾馆里当总经理。原来那一对老年夫妇拥有几千万元的资产,可老人膝下无儿无女。那次外出就是去寻找他们财产的继承人。自从在雨夜遇到了后生,两位老人就商定后生是最合适的人选,就拿出了自己的全部财产修建了这家大宾馆。后生推辞,说自己不行,说我当个小服务员还行,当经理是不行的。老人说,你行的,你一定行的。后生问老人为什么对自己这么肯定。老人说,因为你心地善良。善良无敌啊!

当我把这个故事讲给朋友们时,他们都嘲笑我,说那是哄小孩子的故事,你还信以为真。他们问我,你说说,善良值多少钱一斤?我答不上来。他们就开导我,什么时代了,你还搬着老皇历看?现在这社会,不管黑猫白猫,只要捉住老鼠就是好猫。我说,无论如何,人是不能丢下善良的,那是我们做人的根本啊!他们都笑了。他们的笑让我对自己产生了怀疑,我是不是太迂腐了?是不是太另类了?

我和老婆说了这事。老婆说,你知道咱们家为什么这么穷吗?你为什么经常挨人家的欺负吗?我摇了摇头。老婆说,要说你的人品和能力,比别人差也差不到哪里去。可你有一个致命的弱点,就是你善良啊!是善良让你变得单纯,变得软弱,变得人们不怕你,所以,谁都敢对你指手画脚啊!

全民微阅读系列

我不赞成老婆的话。我又把"天上掉馅饼"的故事讲给了老婆听。老婆听了说，这样的事太少了。我说，如果我们人人都善良了，这样的事就多了。

第二天，我和老婆都外出，碰巧那天，我和老婆都做了一件善良的事。老婆把一个被人用车撞昏的女孩送进了医院；我呢，帮一位进城的老人找到了他的儿子。老婆回到家可气坏了。我问为什么。老婆说，怪不得人们说好心没好报，我把那个女孩送到医院，她家里来人了，硬说是我撞的。我说不是我，她们不信，说我要是没撞，怎么会那么好心？没办法，我只好交了医药费。老婆说，如果女孩醒来再说是我撞的，我那可是跳进黄河也洗不清了。我说今天我的运气比你好，帮老人找到他儿子后，我急着往车站赶，没想到我的包掉了，正当我在汽车站着急的时候，就听车站的广播在播招领失物启事。车站的负责人告诉我，我的包是一个青年人拾到的，交到他们车站后，也没留名姓就走了。我说如果那个青年人不善良，我的包就回不到我的身边了。你知道我包里有多少现金吗？老婆问多少？我说光现金就有六千四，还有三万多的支票。就在这时，我家的门被敲响了，是老婆救的那个女孩的父母来感谢的。他们一进家就说真对不起，我们把恩人当成了仇人，我们真该死。为表感激之情，他们还专门买来了礼品什么的，并给了老婆替垫的医疗费。女孩伤好了以后，非得认我老婆做干娘，说她的第二次生命是我老婆给予的。我说我们才三十岁，太年轻了，不行的。女孩的父母说啥都不愿意，女孩就跪在我们的跟前，不认不起来，没办法，最后只好认下了。

是善良让我们又添了个女儿。每当谁要再问我善良值多少钱时，我总是理直气壮地告诉他，善良无价。因为，善良是爱啊！

宋朝的爱情

那时的我风姿绰约，风情万种，宋朝的水宋朝的土养人，滋润得我婀娜妩媚，国色天香。可我是一个妓女。

这是没办法的事。我也不知道为什么来到怡红院的。我只记得小时候家里很穷，我爹领着我来到了怡红院。老鸨给了我那个满脸苍老的爹十吊钱，也就够买一升谷子的。我爹就用这一升谷子的钱把我卖了。

刚开始我是怡红院的一个丫头，是烧火打杂的丫头。当我一发育时，我就发现人们用异样的眼光打量我。那眼里燃着火，烧得我的脸火辣辣的。也就是从那时起，老鸨对我笑了，对我关心了。后来，老鸨就不让我干丫头的活了，就把我领进绣楼，开始调教我，就是教我媚术。说白了就是怎样迷惑男人，怎样侍候男人，怎样让男人满意，说到底就是怎样让男人心甘情愿地把银子往你身上花。男人其实是很贱的，只要你给男人娇，你给男人媚，再硬的男人，也就软了，也就酥了，也就任你为所欲为了。

后来我就出落成一朵花，成了老鸨手中的一张王牌。从那之后，老鸨待我像亲娘一样，我知道老鸨为什么，因为我是老鸨的摇钱树了，况且，这树已开花，马上就要结果了。

我是十五那年开的苞。本来十三岁那年就该开的，我不愿意。老鸨说不愿意就再等两年。老鸨说要找一个对得住我的男人。说归说，我明白老鸨为什么迟迟没给我开，就是她一直在等一个肯出得起价的男人,而我也一直等一个我心仪的男人,想把自己的初次交给他,这是我的福。当然,我的这个想法不会实现,想一想,在那个时代,谁会关心一个烟花女子的想法呢? 最后,夺走我第一次的是一个非常丑的男人。可他有银子,一有银子,他的丑也就俊了。老鸨捧着那白花花的银子,幸福得脸上开出了一朵花。

我知道这是命,这年月,是命就得认。不认能怎样呢? 宋朝的山无语,宋朝的水无语,宋朝那远在汴京的皇上也默默无语。皇上能说什么呢? 皇上都自身不保了呢,金人已攻入边关了呢!

就是在这个时候,我认识了将军。他很年轻,是皇上派去抗击金人的。他很彪悍,举手投足之间有着一股男儿的帅气。那帅气是那样的迷人。那天他来到了怡红院,当我第一眼看到他时,我的心就颤了。我那时明白了什么叫一见钟情。

他走向了我。他说明天就上战场了,不然,就没机会了,他就太亏了。我很希望他扑上来抱我亲我。可当他来到我的身边,来抱我时,我猛地想起他是大宋的将军。我扬手打了他。我的那一巴掌很重。接着,他的嘴角就爬出一条小红蛇。我说,你不是军人,你不是大宋的将军!

他傻了,他真的傻了,他呆呆地望着我。

我说,我是妓女,可我是大宋的子民。

他猛然醒悟了。他两眼定定地望着我,他说,你的这一巴掌让我醒了。好,你等着我,等着我从战场上归来。

我说,我等着你,我一定等着你。

将军走了,将军走得很决绝。在将军出门的那一刻,我叫了一声将军。他只是回过了头,说了一句:你等着我!

从那时起我一个客也没接。我就等着将军,我不能让将军失望。当然老鸨很失望，老鸨很生气，可这是没办法的事，谁让我答应了将军呢，答应了，就不能变！

金人还是攻进来了，当然这是一个月后的事了。

金兵占据了这个小镇，这儿历来是兵家必争之地。也就在这个时候，我知道将军阵亡了。

将军的侍卫告诉我，完颜无命太厉害了，无论武功还是谋略都不比将军差。开始两人打了个平手，将军是让完颜无命用暗箭射死的。将军光在战场上拼杀了。将军的刀使得好啊，金人的脑瓜西瓜似的满地滚。将军杀得太开心了，将军就有些大意，将军就没有提防暗箭。所以将军就倒在了战场上。将军临死的时候让我给你捎一句话。将军说，他让你等着他，是打算凯旋就娶你的。因为你让他知道了自己是将军！

听到这儿我哇地哭了，我的眼里流出了血。在那一刻，我擦净了血。我明白，将军的命是哭不回来的。可我还得活着！

也就在这个时候，金人到了怡红院。我看到了那个杀死将军的人。他正被众兵蜂拥着走上我的阁楼。当时我正在看着一把刀子。

那是一把很锋利的刀子。我一直把它放在我的枕下，睡在刀子上，我才会觉得安稳。

当我的门被推开时，我刚把刀子藏好。完颜无命进门就扑向了我。我知道我今天得接纳这个男人。这也是一个优秀的男人，不为什么，就为我是一个妓女！

完颜无命被我的媚术逗得心花怒放。完颜无命喊退了手下。完颜无命上了我的床……

当然，我的刀子刺进完颜无命心口的时候，完颜无命没有想到。完颜无命望着我说了几声你你你后，就死了。完颜无命是睁着眼死的。我知道完颜无命为什么睁着眼,因为他死在了我的手里,他亏啊!

我用刀割下完颜无命的头,把它祭在了将军的灵位前。我说,将军啊,仇人我替你杀了,你等着我啊,我这就随你去!

这时门开了,金人进来了。几只枪同时刺进我的身体,我感到一种快感。我知道我已经飞起来了。

很久以后,这个小镇的人们为我立了一个牌坊,是铁的。大家说我是大宋的英雄,其实我不是。我怎么会是呢?我只是大宋一名为爱而死的妓女。

我想,铁牌坊会告诉所有的世人,有一个妓女为了一个自己到死都不知姓名的男人杀了他的敌人,这也就够了,因为,这就是爱啊!

一直向东走

我是一个的士司机,我的任务就是每天拉客。当然了,客不是白拉的,被拉的人要付银子的,也就是人民币,美元也要。我这人就是这样好,与谁都有仇,就是跟银子没仇。我以为我有病,有一天我去医院找大夫看,大夫一听就急了,说,你这人怎么了?是不是在拿我们医生开涮?我说我一个小小的司机,打死我也没那样的胆子。大夫说,现在谁要是跟银子有仇,谁才是有病呢!

从医院里出来,我的心里像三伏天吃了根凉黄瓜一样地好受,那个爽,真是瞎子害眼——没治了。于是我就更加热爱人民币了。这一天我的车像船一样漂到了"梦巴黎夜总会"的门前，可巧，里面出来了一个女孩。女孩打扮得很新潮，穿戴得很前卫。女孩身上还有一股很重的香味，那味很霸道，硬往人鼻孔里钻，钻的时候鼻孔还痒痒的，让人很容易产生冲动，做一些男人做的事。可我是一个高尚的人，是一个脱离低级趣味的人，所以女孩上我车时我没有这种想法。女孩喝了不少酒，摇摇晃晃地上了我的车。女孩捂着头，好像不捂着，头就像要裂了似的。女孩说：向东走！

我就把车走向了东。我问：到哪儿？

女孩说：向东走就是了。

我于是就往东走。车的腿其实是很快的，没大一会儿，车子就来到了这座城市的东郊。我问女孩在哪儿，女孩说一直往东走。

我说：东边可就是庄稼地了。女孩说：还得往东。

我说：那东边可就是山了。

女孩说：对，我就去山的东边。

我知道我的车还是昨天加的油，油是不太多了。我就没说啥，只往路两旁看，找加油站。女孩见我不吭声，就从手袋里掏出两张大票，是一百的，往我眼前一扔说：是不是怕我不给你钱？放心，不会少你一分的！

我说：哪会呢，我是在找加油站。

车子加了油。女孩告诉我一直向东走，我什么时间让你停你再停。我说好！我的车子就向东奔去。

东边的山看着是近，可真正走起来，还是很需要时间的。怪不得人们常说：望山跑死马。车子跑了将近一个小时，我终于翻过这座山。女孩这时正睡着，我推醒了她问：山过来了，咱们在哪儿停？

　　女孩没有睁眼说：看到前边那座山了吗，到山的那边去！

　　我知道女孩说的那边是东边。我的车就照着女孩说的，一直向东开去！

　　又走了将近一个小时，前面的山也翻过。我对女孩说：我们已经过了山，你在哪儿下？

　　女孩闭着眼说：前面不是还有一座山吗？再翻过就到了。

　　我按着女孩说的就一直向前开。路都是柏油路，很好走的。说起来这得感谢政府。要想富，先修路。农民虽然没有富起来，可路却修得非常平坦畅通。前面的那座山也是很快过来了。我对女孩说：我们已经过了山，我们在哪儿停？

　　女孩这时睁开了眼，看了一下说：你看到前面的那片树林了吗？

　　我看到在不远的东边黑黝黝的，我知道那就是女孩所说的树林。我说看到了。女孩说，我的家就在树林的东边，和树林挨着。

　　我说：你是不是就在那儿下车？

　　女孩说：是的，我就在那儿下车。

　　我就向那片树林开去。那片树林虽然看着远，但一会儿就到了。说起来，路其实是很好走的，再远的路，只要有方向，有目标，是很容易到达的。

　　车子到了树林的东边，女孩说，看到前面的那棵大槐树了吗？我说看到了。女孩说你就在那儿停吧，我的家就在那儿！

　　车子在大槐树下停下了。女孩在车上把自己整理了一下。女孩说我的家到了。女孩接着又要给我钱。我说你给我的那两个大票还用不了呢！女孩说，不用找了，就算你的小费吧。女孩说这话时脸上荡着笑，我猛地发觉，女孩其实是蛮漂亮的。女孩约我到她家喝茶。我说不了。我说这儿风景挺美,我看一看,就走。

女孩和我摆摆手就急急地向前面跑去。我就下了车四下里看了看。这儿是山的深处,空气很清新,风景很秀美。看着看着,就有点喜欢上这儿了。我想,假如我老了,在这儿买块地,盖栋房子,颐养天年,那该是多么美好和幸福的事情啊!

就在这时,一阵哭声破空而来,哭声很无助很悲伤,仔细一听,是刚才那个女孩的。我朝着哭声奔了过去,我发现女孩正蹲在一片荒地里放声大哭。我说:你这是怎么了?

女孩说:我的家没有了?

我四处看了看,这儿是一片荒坡,只有疯长的荒草。就问:你的家在哪儿?

女孩说:我的家就在这儿。

我说:你醒酒了吗?

女孩说:我现在非常清醒。不然,我怎么能找到我的家。

我说:这里哪有什么人家?分明是一块荒坡。你记错了吧?

女孩摇了摇头说:我的家怎么会记错呢?你看前边的那块大象一样的石头吗?

我说,我看到了。女孩说小时候,她是经常爬那块石头的。你看那块石头又光又亮,那都是我和小伙伴们爬玩的结果。

我说:你没记错,可这儿什么也没有呀?

女孩说:就是啊?我的家怎会没有呢?他们哪儿去了呢?

我说:我怎么知道?

女孩看了我一会儿喃喃地说:你是不会知道的。你是不会知道的。

我说:你还再找吗?

女孩摇了摇头。女孩的头低下了。女孩说:咱回吧。

我和女孩又踏上回程的路。一路上,女孩一言不发,只是两眼定定地望着前边的路。当我们接近城市时,天已经很晚了。我发现女孩的眼里滚出了两粒又大又圆的泪珠。那泪珠里有来来往往的车灯和五光十色的路灯。

我问女孩,你在哪儿下?

女孩想了想,告诉我,在"梦巴黎"那儿下吧。女孩说这话时很无奈。

下了车,女孩又要给我钱。我说什么也没要。女孩说:你也不容易,哪能不要呢。

我说,不要了。

女孩说:你是在可怜我!

我笑着说:我怎么会可怜你呢。我知道这话我说得有点违心。女孩肯定不信。我接着说:你连家都没有了,我怎么会要你的钱呢。

女孩听了,哇地哭了。女孩是哭着跑进"梦巴黎"的。

望着女孩的背影,我的泪也唰地流了下来。我知道,女孩和我一样,也是城市里的一个游魂。

我们的幸福

有个男人,四十多岁了,不安分,有妻子了,还想有情人,然后就找了一个。女的不大,二十岁左右的样子,是喜欢刺激喜欢浪漫的那种。男人和女人偷偷摸摸地交往,地下工作者似的。后来,两人嫌这样不过瘾不解馋,就在一起商议。男的说,不行咱离开这儿？女的说,好啊。男的说,不行咱就找个没人认识咱们的地方？女的说,好啊。

两人就选在一个下雨的日子私奔了。男人席卷了家里的所有钱财,和女人踏上了南下的火车……

几天后,男人和女人来到了一个小镇。小镇不大,可镇上的人他们一个也不认识。女人说很好,男人说很好。

两人就安顿下来了,就开始过日子了。日子其实很好过,只要有钱,只要有女人。两人就把日子过得忘乎所以。两人就把日子过得充满了情欲,性欲,就像天堂。

人就是一个喜新厌旧的东西。在天堂里天天大鱼大肉地吃,也有厌的时候。女人明显感觉出来了。男人还沉迷在自己的幸福中,可以说,男人被胜利冲昏了头脑。男人没有发现女人的这些。女人的激情不如以前了。男人无论再怎么翻新,都是换汤不换药。女人开始有些后悔了,每当夜深人静,女人瞧着身边的男人,月光下的男人显得那么苍老,那么丑陋。女人就有一种想吐的感觉。女人就想自己这么一大朵的鲜花,就这么在男人身边开放。女人有些不甘心。女人觉得自己很亏。

女人一觉得亏,就要出故事。这故事几乎都千篇一律。女人就瞒着男人,又喜欢上了本地的一个男孩。男孩没多大。没多大的男孩怎么是女人的对手？没用几个回合,男孩就被女人俘虏了。投降的男孩让女人明白了人外有人、天外有天的崭新境界。

女人就感觉自己从前是白活了。女人就想把这种美好的生活进行到底。女人就对男孩说,咱们去开始一种新生活吧？男孩连考虑也没考虑就说好啊。女人说咱们去找一个真正属于我们的地方吧？男孩说,好啊。

女人就和男孩在一个下雨的日子私奔了。女人想,我给他做了这么长时间的老婆,不能白做,就拿走了家里的全部钱财,和男孩坐上了南下的火车……

女人和男孩来到了一个小城。小城山清水秀,女人和男孩都很喜欢,就住了下来。

男孩经女人的手成了男人。成了男人的男孩才明白他为自己青春的冲动付出的竟是这么大的代价。当然,这是男孩和女人在一块儿生活五年后才感悟出来的。

那时女人和男孩已有了孩子。女人也已变得像个怨妇,没了原先的韵味和激情。男孩就想,事情不是这样的啊,完全不是这样的啊!

男孩就感到失意。男孩看到外面漂亮的女孩心里就很不好受。当看到身边这个形体越来越臃肿越来越没女人味的女人,男孩感到悲哀。男孩知道自己错了,完全错了。

意识到自己错了的男孩就想改正自己的错误。错误是很好改正的,只要有狠心。这年头,男人们什么也没有,就是有狠心。一有狠心,事情就好办了。男孩就迷惑了一个女孩。

女孩其实是最好迷惑的,只要你懂她的心。男孩在很久之前就把女人迷惑了,所以说几年后迷惑一个女孩那是小菜一碟。男孩没费吹灰之力就把女孩泡上了手。那是个阳光一样的女孩。男孩感觉和女孩一起,生活处处充满了阳光。

于是,男孩先把阳光女孩在一个阳光明媚的日子变成了女人。成了女人的阳光女孩就明白了女人为什么找男人做伴了。男孩又开始实施他的计划。他的计划就是让自己尽快地逃离这种暗淡的生活。男孩就对女孩说,她们现在是一条绳上的蚂蚱了,要想让他们的爱情幸福,唯一的出路就是……

女孩说好啊。

男孩于是在一个飘雨的日子,领着那个阳光女孩踏上了南下的火车……坐在车上的男孩和女孩都坚信:他们去的那个地方一定会阳光灿烂,他们的爱情一定会天长地久……

美好的善良

闵家庄的老支书闵宪发从公社革委会回来,先去了村头的一座坟。

坟在路旁,堆得老高,像发得很喧腾的馒头。坟上长了些荒草,在风里抖,抖得坟很凄凉。闵宪发弯腰拔了,然后从布袋里掏出烟袋,摁实了一烟锅,用火柴点了。他长长地抽一口,说,老黄啊,你对我们闵家庄有恩,我们记着呢! 狗娃在闵家庄,你放心,一庄人都把他当成自己的娃子呢。告诉你,孩子今天满十五了,个子比我还高呢,就是瘦。孩子随你,太有人样了,到各家吃饭,回回都吃个半饱。不是不能吃,是他不舍得吃呢! 闵宪发叹了一口气,又重重地吸了一口烟,缓缓地吐出,说,今天我去公社里开会,争了一个名额。革委会的李主任说啥不想给,说上面要求的:给岁数大的,有文化的。我是硬争来的。我说我打老蒋那时候,你们都才穿开裆裤呢;抗美援朝那阵子,你们还不知在哪躲着呢! 说我们村小,我们村只要有我闵宪发,一个人就不算小! 你看,我都卖老油条了呢! 李主任一看我骂了,才说就给你们闵家庄一个名额。当然了，给咱了别的村就少了。闵宪发看看天，说，老黄啊，掏心窝地说，我想把这个名额给咱狗娃，孩子小，怕什么，没文化怕什么，长大一学不就有了？我知道，你在的时候绝对不会要。你不会占闵家庄的一点便宜。你对闵家庄有大恩呢，要不是你，闵家庄的人都会死绝根呢！那时闵家庄人眼里都放绿光，像饿狼一样，马上要吃人了呢！你私自打开了一库粮。可你却因此挨斗，挨整。你死的那天你还对我说，你一个人的命能换一村人的命，值！哎，老黄啊，闵家庄的人有愧呢！说到这儿，闵宪发看看天，说，天不早了，我还要回村开会呢，你好好安息吧！

闵宪发刚来到大路上，就见从村里急匆匆地奔过来一个人。从那走路的姿态上，不用问闵宪发也知道，是大队长闵庆富。闵庆富的耳毛长，什么事也瞒不了他。这么晚匆匆地往外来迎他，说不定就是为名额的事。闵宪发就是看不上闵庆富的这一点。但也没办法，两人在一块儿搭班子，不能因为这点事而误了大家伙的事。

近了，真是庆富。闵庆富大老远地就喊，大叔，我来迎你呢！

闵宪发说，迎什么，我又不是不知道回家的路！

闵庆富说，大叔，听前村的大老歪说，给了咱村一个指标？这样吧，这个指标给我家大海吧！你也知道，大海是个瘸子，这个指标给了大海，以后大海好找个媳妇。

闵宪发说，庆富啊，咱是村里的当家人，做事可不能光想着自己啊！

庆富一听闵宪发这么说，知道这个指标不会给大海，就问，这个指标你想给谁？

闵宪发说，我也不知道，晚上开会的时候再说吧。

晚上开会的时候，五个生产队的小队长和记工员什么的都来了,挤了满满一大队部。闵宪发说,没想到大家来得这么齐,来得这么齐更好。今天我在公社里争了一个"右派"名额,不然咱们这个村摊不到的。按上面的意思,"右派"是有条件的,就是有文化的,有点岁数的,并且还是知名人物。一个管区只给三个指标。我是卖了老脸才争来一个。大家说说,这个名额给谁?

先是大会计说的。大会计说给大海。那孩子怪可怜的,给了他,以后真正成了"右派",能兑户成个人家。

好多人都说对,应该给大海。不为什么,就为那孩子是个瘸子,可怜。应该给他。

闵宪发光吸烟,狠着劲地吸,烟窝子吸得透红透红的。等到最后一个人说完,闵宪发把烟锅子狠狠往桌子上一摔,说,你们啊,一窝白眼狼!

一屋子人都被闵宪发骂愣了。

闵宪发说,咱们闵家人最看重的是什么?是情分!咱们也不想想,咱们能有命,能坐在这里开会,咱们多亏了谁?要不是老黄,你们的骨头都烂了!羊羔子都知道跪乳,乌鸦都知道反哺,人要是不知道报恩,那是连畜生都不如呢!

一屋子人都低下了头。闵庆富说,要不是老黄私自把粮库打开,咱们一村人都得死了!人家老黄自己顶了个罪名为咱闵家庄死了。我说了,这个名额谁也不给,就给狗娃!

会计说,对,给狗娃!

一屋子人都跟着附和说给狗娃。要是不给狗娃,那我们闵家人连猪狗不如呢!

闵宪发说,以后有什么名额,我还会争取的。把名额给谁?就给对我们闵家庄有恩的人。谁对闵家庄有情,咱闵家庄就对他有义!不论怎样,只要我活着,咱闵家庄绝不能让人家戳着脊梁骨说这是一窝忘恩负义的白眼狼!

大伙都说老支书说得对,就是穷得用手提裤子,也不当负义之辈!

闵宪发接着安排闵庆富,你后天负责把狗娃送到公社。公社革委会的李主任说了,要把这一批"右派"先送到县里的五七干校去教育学习。

他接着又对大会计说,明天你拿点布票到合作社里买点蓝洋布,给狗娃做身新衣服。狗娃后天就离开咱村,去见世面了。不论怎样,咱得给他做身新衣服。他出去,代表着咱闵家庄的脸面呢!

会计说,行,我明天一早就买布,然后再找几个手巧的,争取赶着做出来!

接着大家都说这下就好了,狗娃就不要在我们村各家轮着吃了。到了五七干校那地方,狗娃就能放开肚子可劲吃了,就不会在想着用嘴为我们全村的各家人省了……

闵宪发听了点了点头,长出了一口气。

第三天,当闵宪发看着穿着一身新衣服的狗娃和闵庆富坐着马车在大路上越来越小的时候,他又去了路边的那个坟。他坐在坟前说,老黄,你放心吧,狗娃当"右派"去接受教育了。到了那里,狗娃就会有好日子过了,不需要每次吃饭都为大家省了,能吃个饱肚子了……说到这儿,老黄坟上的草一起一伏的,闵宪发知道,那是老黄在感激他呢……

(后记:三个月后,闵宪发又去了老黄的坟。这一次,闵宪发是带着全村人去的。全村人来到了坟前,都随着闵宪发,扑通跪下了……)

驼

　　在我们闵楼村,人死不能说死,只能说老、仙游,那是对死者的尊重。尸首放在正屋,一家人围着哭,这叫守灵。三天后入殓。然后,择个黄道吉日,出殡。出殡时,要由一壮汉扛起棺头,把放在正屋的棺材背出来,放在大门外的棺架上,这叫背棺。背棺有说法:从正屋到棺架不论有多远,都得要一气呵成,中间不得停放。否则犯忌,犯串门丧的忌,就是丧主家的人一个接一个地死,就像鞭炮,一个一个地炸掉。有钱人的命值钱。谁不想长生不老? 特别有钱人,都想成千年王八万年龟。

　　石头爷背棺那年刚刚十八岁。

　　那年,闵楼村的地主老汪死了。出殡时,催棺炮响了六声。黑铁塔样的王麻子背了几下,起不来。王麻子的汗哗地流了。王麻子重新又紧了紧腰带,弯了弯腰,又背,棺纹丝不动,王麻子却一腚坐在了地上。催棺炮催魂一样地叫着,很响。丧事的大总急得像热锅上的蚂蚁,团团乱转。

　　那时石头爷在一边忙事,塔样的身子晃来晃去,扎着人们的眼。大总一把扣住石头爷,紧紧的,像是要淹死的人抓着了一根救命草。大总用手指着棺材问:"爷们,背过吗?"

　　石头爷木木地摇头,摇得很怕。

　　大总问:"爷们,听说咱家庙门前的石狮子你能抱着走?"

　　石头爷嘿嘿一笑:"两年前我就能抱着走二十步。"

大总听了激动得手拍大腿："你一定背得动，真的，背得动！"由于大总的底气不足，所以，说出的声音颤颤的。

石头爷用眼看了看蹲在屋里的棺材，棺材像老虎一样望着石头爷。石头爷心里也有些打鼓。可大总的眼神太让人可怜了。石头爷只好说："那，那，那我就试试吧！"

催棺炮又重新响了六声，响得人很躁。石头爷剥葱一样脱掉了粗布汗褂，扎了扎布腰带，然后学着王麻子的模样，在棺材前骑马蹲裆式蹲好。大总颠颠地过来，用哆嗦的手在石头爷的两肩和项上各放上一刀草纸。由于手抖，项上的那刀草纸放了三次才放好。

大总这次亲自来喊号子。大总见前后都到位了，就喊："预备，一、二、三，起！"石头爷和棺后的几个人一较劲，棺材冉冉地起来了，像初升的太阳。此时的石头爷雄鸡一样勾着头，两手托牢棺底，狠狠地咬住牙，那背上的棺材仿佛是座山，他咬住一口气，出正房、进天庭、跨二门、入头院、绕门墙、上台阶、过大门、下台阶，然后是一溜小跑。石头爷就觉得头发紧，像戴了孙猴子的紧箍。牙咬出的鲜血小溪般地从嘴角蜿蜒流下。每走一步，身上流下的汗当即把脚印喂饱了，白花花的路上于是就歪七扭八地抒写出了一段文字，那段文字很沉重，使所有在场的人都把心提到了嗓子眼。伴着大总"落棺"的叫声，棺材稳稳当当地落在棺架上。再看这时的石头爷，脸紫得像霜打的茄子。另外几个架棺尾的汉子累得像三伏天太阳底下的狗，伏在棺材边呼哧呼哧地喘气。

石头爷背棺头的消息像生了翅膀的鸟，周围十里八乡的有钱人老了人都来请。背棺是个下作差使，是二小子干的活，一般是完活后赏升麦子或高粱，也许是这升粮食的收入，媳妇也不难找。

那时找对象不像现在有这么多的讲究,只要有口饭吃,就行。

石头爷正儿八经行了二十多年的时运。背运的那年他刚好三十八岁。

事儿发生在春季的一天,邻村槐树庄的地主老苟死了。老苟的儿小苟在国民党队伍里当团长。小苟为示他的孝心,花巨款请名木匠做了口楠木棺材。那时正是青黄不接,石头爷饿得直打晃,一升麦子的诱惑使石头爷在第二天天没亮就来到了老苟家。当他看到屋里那蟒蛇一样蜷蹲着的棺材,心里直发憷。他就自己壮自己的胆:二十年前我就能背动老汪,现在正当年,没事的,一定没事的。

到了下午,棺才起架。催棺炮响了六声。石头爷脱掉了身上的烂褂,光着脊梁站在了早春的阳光下。残留冬意的风儿不紧不慢地吹过来,刮得石头爷激灵灵地打了个战,那个战打得他好慌,好怕。

催棺炮又响了六声,急急的,催魂一样地叫着。大总悠长的声音像棺前的招魂幡在飘。"起棺——"石头爷和棺后的几个汉子各自翘腚,像正在倒茶的壶。石头爷暗暗运气,而此时,门外的太阳像朵白牡丹,开得正艳。

"一、二、三,起棺!"声音刚落,石头爷猛地起身,棺头起了,张着,像个要吃人的嘴。棺尾没起,像要伺机伏击人的蛇。石头爷知道棺尾的人没有准备好,就忙放下,他想再换口气。可就在这时,棺尾起了,棺头一"口"把石头爷吃到了嘴里。只听"咔嚓"一声,接着就听石头爷"啊"地叫了一声,很恐怖。可石头爷挣扎着,硬把棺头背上了身。

汗珠子花生米似的冒在了石头爷的额上,像雨后的笋,砸在白花花的路上,一地潮湿。石头爷嘴角咬出的血和肩上流出的血像几条红色的小蛇在爬。石头爷每走一步，血马上灌饱了脚印。就像他用脚在路上戳的印章，鲜鲜艳艳。出堂屋、进天井、上台阶、跨门槛，棺材终于放在大门外的棺架上。而此时，石头爷就像耗干油的灯捻，瘫成了一摊水，淌在了棺头前。他的脊骨断了，肩部的那刀草纸已压进了他的肉里，血淋淋的。

几个架棺尾的汉子都围了上来，都呆成了木头。其中的一个汉子的嘴像发疟疾，说："想开个玩笑，试试你有多大的力气。没，没想到……"

过了一年，石头爷的伤好了，可背却驼了。驼就驼吧，背棺头这个活却没有丢。谁家老了个人，他自动去背。他说，人是阳间混世鱼，是个苦虫，都是来世上被宰杀的。在世上受了一辈子的罪，老了在露天里抛着，寒心！可石头爷有个条件，他只给穷人背。

六十四岁那年，来福爷老了。他儿砍了三株刚栽三年的梧桐树，打了个方子，方子很小，是穷人用的那种。石头爷背了几背，背不起。石头爷就知道为什么了。石头爷就叹息："哎，老了。"

石头爷就担心，成天成夜地担心。他说：往后，人老了，背棺头可是个问题了。

石头爷逢人就说，先找和他一般大的人说。被听的人就跟着说："那真是个问题了，真是个大问题了。"后来他又找比他小的说，再后来遇见小孩也说。小孩不懂就嘻嘻地笑，笑得石头爷摇头叹息。

又过了几年，石头爷正好七十三，七十三是个坎。老俗语：七十三、八十四，阎王不叫自己去。这个坎，石头爷没有跨过去。

老的时候，石头爷对跪在床前的儿子说：他走了，可得找个有力气的把他背到祖坟上去。儿子是个孝敬孩子，完全答应了石头爷的话,并向他保证:他老后一定让他直着身子走。石头爷很高兴。老的时候没受一点罪,腿一伸,眼一闭,头一歪,仙游去了。

上年岁的人说,罗锅老了,背也就不驼了。原因是,人一断气,筋就放开了。可石头爷老了背仍驼着。

儿子就哭,哭他爹的命苦,一辈子受的罪多,老了还在受罪,便跪着哀求站在一旁的族长:"爷,我爹是直着身子来的,还是让我爹直着身子走吧!"

族长被他的孝心感动。再说入殓盖蒙脸纸,两条后腿在后面翘着像高射炮,不雅观。

族长双手扶起孝子说:"孩子,你放心,我一定让你爹挺着胸脯上天堂!"

是夜,族长带着族里几条精壮汉子来了。石头爷的儿子忙得像年三十,又是让茶又是让烟。族长先燃起了一炷高香,又烧了三刀纸钱,然后带着几条汉子跪下,膝盖着地轰轰作响。族长双手合十说:"大侄子在天之灵敬请谅解,出此下策实属无奈,是为你在冥间挺起身子做事,堂堂正正地做鬼。"说完,他们磕了三个响头。

几个汉子爬起便行动起来。族长把蒙脸纸拿掉,用准备好的白布像包扎伤员似的把石头爷的头缠成茧。接着把石头爷的身子反了了个。石头爷脸朝下趴着,头和脚像圆规一样支着。只需谁抓住驼处,用力一转就能画出一个标准的圆。可石头爷画不出了。驼处高高耸着,山一样的气势磅礴。族长把杠子放到驼峰上,几条汉子各奔杠子两端,听族长的口令。先轻轻地掼力,然后狠狠地压,就听脊骨咯咯嘣嘣地响,就像小孩在嚼炒豆。族长大喝一声:嘿!几条汉子积极响应,各使出吃奶之力,驼峰"咔嚓"一声,像切断的黄瓜。再看峰处,一马平川。

族长还有些不放心,复爬上石头爷的背。用脚在脊背上来回地跺跺。恐怕,峰处还会像火山再次爆发。

石头爷的儿子眼里汪着泪,忙吩咐孩子的娘把早已准备好的饭菜端上了桌。接着他扑通一声给族长和几条汉子跪下了,说:"各位兄弟爷们遂了俺的心愿,是俺的大恩人!请受我一拜!"说着咚咚咚地磕了三个响头。

然后他又给石头爷烧了三刀纸钱,送了三炷粗香,跪下悠悠地说:"爹,你是直着身子来的,我还是让你直着身子去,爹,你好好地走吧!"

闵一刀

闵一刀大号叫闵庆黑,是我们闵家庄的宰户。宰户就是屠夫,就是做杀生害死的买卖的人,说文一点,就是牲畜的刽子手。闵庆黑杀生很在行,猪狗牛羊等牲畜,只要是喘气的,送到他手里,一刀毙命,从不来第二刀,久而久之,大家就把他的大名忘了,都叫他闵一刀。

闵一刀最擅长的是杀大牲口,也就是牛、驴、马、骡。这年头,马、骡之类的牲口我们这儿少见了,他一年一般也杀不了几个。驴呢,属阴的,有把驴肉叫鬼肉的。闵一刀不愿招惹这个阴玩意,他说那东西不干净,净惹麻烦。所以说他一年之中以杀牛为主。

闵一刀杀牛和别的屠户不同。别的屠户杀牛一般都是把牛捆上,或做一个架子,把牛卡在其中,使其不能动弹,好任宰杀。

闵一刀杀牛从不这样,他说那样笨,那样的人哪能称屠户呢,那样的屠户给他提鞋他都不要。

闵一刀杀牛时从不捆牛,也不卡牛。他说那样不文明,不人道。牲畜和人一样,也是条生命,是有尊严的。作为一个真正的屠户,对在自己手下死去的生灵,要尽量地让它死得高贵,死得平静,死得没有痛苦。只有那样,才能对得起自己手中的刀,才能对得起宰户这个称号。

杀牛前,闵一刀都把牛喂得饱饱的。他说,不能让它们当饿死鬼。不然,他的心会不安的。等牛吃足了,他把牛牵到屠宰场上,再给牛上一炷香。闵一刀一边上香一边说:牛啊牛啊你莫怪,你是阳间一道菜。早日送你进轮回,下辈托生个官人来。一连说九遍。等到香燃得差不多的时候,他才颠着自己那一短一长的腿,围着牛转。

忘了告诉看官了,闵一刀是个瘸子。

闵一刀颠着自己那一短一长的瘸腿,围着牛转。他嘴里衔着支劣质的烟卷,腮上的那两块腊肉般的笑脸向下塌着,把一双三角眼挤成一条缝,但那条缝里露出的光却是金属质地的,虽然嘴里的劣质烟烟雾弥漫,随着他的吐纳阵阵地升腾,可他的目光却像他背在身后袖筒里的尖刀,那样让人心寒。一圈又一圈,闵一刀就这样背着手围着牛转。刚开始牛很警觉,目光随着闵一刀手中的寒光转,几圈过来,见闵一刀没什么举动,渐渐就对闵一刀放松了警惕,趁此机会,闵一刀以迅雷不及掩耳之势挺刀直奔牛的咽喉,牛仰天长吼一声,闵一刀的弯刀随着气管的张开伸了进去,接着,他手腕一抖一扣,刀尖就把牛的气管和血管都割断了。然后他往后一撤身子,随着刀子抽出,一股鲜血彩虹一样喷出来,闵一刀飞起瘸脚,把一边的塑料大盆踢向血落的地方。接着,牛轰地倒在地上。这一套动作他做得一气呵成，做得娴熟自如、潇洒飘逸，仿佛是一场艺术表演似的。

可就在前年，闵一刀却遇到了一生从没遇到过的事，也就是这件事，使闵一刀做出了一个决定。

那是春天里一个阳光灿烂的日子，我们市电视台为摄制民间奇人奇技来我们村拍摄闵一刀的杀牛过程。闵一刀那天破例穿上了一身新衣服。新衣服不太合身，有点大，在他身上晃晃荡荡，反衬得闵一刀有些弱不禁风。可就是这弱不禁风的样子更勾起了摄制组人的胃口。他们早早把机器架好，等着拍摄这精彩的瞬间。

闵一刀和平时一样，先把牛喂饱，然后把牛牵到屠宰场上。那是一头头上有白花的老黄牛。闵一刀接着上了一炷香。就在上香的时候，闵一刀发现牛怔怔地望着他，目光很凄惨很可怜。闵一刀的心一颤，可今天太特殊了，闵一刀明白自己，自己的心得硬，不然，就对不起人家电视台的这些同志们了。闵一刀就不再看黄牛，就按他原来的步骤进行。香点着了，闵一刀开始念叨：牛啊牛啊你莫怪，你是阳间的一道菜……当他念叨到第四遍的时候，闵一刀就听围观的人说：你们快看，牛流泪了。闵一刀抬头向黄牛看去，只见黄牛的眼角正挂着一大滴泪珠。那泪珠还在汇，眼角看样挂不住了，要往下掉。闵一刀的心一紧，可他看到电视台的同志们正在聚精会神地拍他，他就把眼闭上了。他在心里说：牛啊牛，别怨我，谁让你这辈子托生是牛啊！

九遍很快念叨完了。闵一刀点起了一根烟，叼在了他那说话有点漏风的嘴上。烟雾冉冉升起，闵一刀迈着他那一步一颠的瘸步开始围着黄牛转了。当闵一刀转到一圈半的时候，就见那黄牛向着闵一刀，跪下了。黄牛的这一跪，把闵一刀跪慌了。闵一刀想去扶牛,猛然想到它不是人,就把刀子一丢说,不杀了！他转身就要走,可村主任不愿意了。村主任说:人家电视台的同志们忙活这么大半天了,你就叫人家半途而废？不行！一定要杀！

电视台的拍摄人员也过来劝闵一刀,说牛是通人性的,可能是预感到自己的命运了。没事的,你继续吧,这样拍起来才有意思。闵一刀看了看村主任,村主任叉着腰,两眼狠狠地瞪着他。他又望了眼电视台的同志。电视台的同志笑眯眯的,很慈祥。闵一刀长出了一口气,只好又拿起了他丢下的那把尖刀,围着牛转了。从闵一刀又弯腰拿起刀的那一刻,那头黄牛就闭上了眼睛。闵一刀本以为要费点周折的,没想到却出奇地顺利。当尖刀刺进黄牛的脖子时,就听黄牛长叫一声,接着就倒在了地上。

这次杀牛虽然开始和中间出了点插曲,但总体来说,还算顺利,没有影响闵一刀技艺的发挥,整个屠宰过程干净利索,赢得围观人们一阵喝彩。可就在闵一刀把牛肚破开,打开腹腔时,他一下子呆住了,手中的刀子当的一声掉在了地上……在牛的子宫里,静静躺着一头已长成形的小牛犊！

闵一刀双手抱住了头,双膝跪在黄牛的跟前。围观的人过来一看,都明白闵一刀为什么跪了,整个场上静得只听到拍摄机那磁带的转动声。村主任一看,忙过来拉,说,没什么,不过是杀头牛！闵一刀这时一把抓过村主任,两只眼里像要冒出火来,他对着村主任说:你懂得什么？你什么都不懂！

村主任被闵一刀的大声叫骂骂呆了,他挣扎开闵一刀的手,用手抽了抽闵一刀抓过的地方说:好,好,好你个闵庆黑！说完,他气呼呼地走了！

闵一刀对着牛,恭恭敬敬地磕了九个头,接着拾起丢在地上的刀子,头也不回地走了。他径直去了麻子三的红炉铺。

红炉铺炉火熊熊。麻子三正在打制着一把刀子。闵一刀沉着脸来到炉火旁,把手中的刀子向炉火中扔去。

麻子三一惊,说,老黑,你这是干啥?就想用夹子去火中夹刀子,被闵一刀拦住了。麻子三急了,头上急出了几条豆角似的青筋,说:老黑,这刀子可是我干得最最好的活!你不能烧!

闵一刀两眼狠狠地盯着麻子三,那目光像狼饿极的眼睛。麻子三把夹子放下了,看着在火中慢慢变软的刀子,哇地哭了。

刀子渐渐软成泥软成水,最后软成了一滴大眼泪。闵一刀看着这滴大眼泪,自己眼角的泪不由自主地流了下来。

泥　缸

小时候,我最爱看爷爷捏泥缸。

天一放晴,爷爷就忙活开了,先拉土,再拉水,接着和泥。

和泥有很多的道道,就说和泥的土吧,最好是沙土。沙土捏出的缸干得快、结实、防潮,用石头敲,当当的,火烧的一样。

开始爷爷用镢头和,和透和匀了,掺麦秸。麦秸是泥筋,要掺得适中,多了,缸就糠,孬蛋似的,手指头就能捅破;少了,起不到筋的作用。爷爷掺麦秸掺得很老到:先在泥上铺上厚厚的一层,然后用镢头砸。匀了,再铺稍薄的一层,砸透了,再铺薄薄的一层。一连三次。最后一次,爷爷就挽起裤管,光着脚板,踩。初春的寒意还未消尽,便有几丝风刀子一样地割过来,站在一旁的我缩着脖子直打战,可爷爷像株树,只有他枯草般的花白头发随风飘舞。额头的汗珠却像大黄豆粒，很肥嫩，很饱满。

有一次，爷爷把和好的泥割了一块给我，他说这块泥里有二十八根筋。我不信，就查，结果，真是。我说，爷爷，你真神！爷爷就笑。爷爷笑得很年轻。

捏泥缸第一步是画底。爷爷说，缸底就如房子的地基，马虎不得，一定要画圆。于是，爷爷挺起腰杆，两腿一转一点，一个个缸底就出来了。爷爷画得很老练。

底打好了，接着捏腿。爷爷把泥捏成条，两手一里一外捧着扣，一层一层向上赶。摔泥条有讲究，摔老了，干，黏不牢；摔嫩了，泥没骨，叛徒似的，肯定陷。泥条要摔得不软不硬，这样，捏出的缸方才浑然一体。

一口缸一般要五次才能捏好。每次要隔几天，要等捏牢的干透。第一次是底，干了，捏腿，接着捏肚，然后是脖，最后是沿。底和腿好捏，只要结实稳固就中，难把握的是肚。

一口缸的成功与否，关键看肚。村里会捏缸的不少，可没一个捏的比爷爷捏的有气派有风度，不是像水肿的病人，就是像脑满肠肥的剥削者。爷爷捏的像百战百胜的将军，不光饱满，而且气质也帅。

捏缸的时候，爷爷全神贯注一言不发，一直到完方长长地吐一口气，很严肃。问为什么，爷爷说，缸似人，一说话就泄了元气，捏出的就没精神了。有一次，我久别回家，恰巧爷爷在捏肚。爷爷看到我很高兴，边捏边询问我的情况。后来肚捏好了，说不出的难看。爷爷苦笑着摇了摇头，然后把那个缸砸了。

每年春天，我家门南的园地里就站满了爷爷捏的泥缸，就像雄赳赳气昂昂等着检阅的士兵，很威武。爷爷每天都起得很早，去看他的缸。有时一坐一清早。直到大伙儿一个一个地拉回家去。拉的时候,爷爷忙里忙外,不光帮着装、抬,还递烟倒茶,二小子似的。奶奶就抱怨,年年捏了都送人,又挨累又搭工的,图个啥?

爷爷说,就图大伙眼里有我。

前年初春的一天,爷爷进城了。我问爷爷,还捏缸吗?爷爷说,现在家家都用塑料粮仓了,没人要他捏了。说完唉地叹了一声。我安慰他,劳累了一辈子,也该歇歇了。爷爷却说,捏惯了,不捏缸总觉得心里空落落的。

去年春天回家,爷爷衰老得我几乎不敢认了。我问他好吗,他说好。爷爷说好的时候眼里汪着泪。在我临回城时,他偷偷告诉我,他快不行了。我说你别乱想。他说不是乱想,他感觉到了。

没过多久,爷爷死了。那天,爷爷把父亲叫到跟前说,他得走了。说完就走了。

父亲纳闷,爷爷身体无恙,怎么说走就走了呢?到底是得了什么病?

我知道,可我没有说。

窗台上盛开的月季花

梅老师被推进护士玉儿的这个病房的时候,玉儿一眼就认出了。

梅老师是她的初中老师,教语文。当时三十多岁的梅老师恋着学校里的一个老师,而那个老师很久前就结婚了,已是两个孩子的父亲了。不知为啥，梅老师就是不结婚。

那时梅老师屋里常年开着一种花，是月季，一年到头开花的月季。月季是从校园里的那株月季树上摘的。那株月季看样子岁数不小了，都成树了。花开得很旺，一树都是。梅老师每天摘一些正放苞的花儿放在她桌上的瓶里，让花在屋里开，开一屋子的香。香也没多高雅，但很滋润人。梅老师就在那种花香里备课、批改作业，累了，梅老师就摘下眼镜，闭上眼，闻香。久了，梅老师身上就长出了一种香，是月季的香。

玉儿从别人嘴里知道，梅老师是在讲台上摔倒的。从送来的那天起，梅老师就睁着两眼，眼睁得很无神，很空洞，痴痴的，很呆。

玉儿偷偷地问大夫，有救吗？大夫摇了摇头。大夫说，这种病很难治，除非她清醒过来，否则……玉儿问，没有什么办法吗？大夫说，也许今后有，但现在没有。玉儿的脸就阴了。

有花香从窗外飘了过来，味儿很清冽，是月季花的香。玉儿看了看老师，她见梅老师的嘴角一动，又呆了，痴痴的，很傻。

玉儿就想着梅老师在月季花香里批改作业的样子。玉儿就深深地吸了一口，真的好香。玉儿跑到窗外的花园里，摘了几枝浅开的花儿，插在了盐水瓶里，然后放在窗台上。

花开得很热烈，屋里都是月季的香了。

第二天，玉儿来上班，在医院，一个卖花的小女孩拉住她的衣角说，阿姨，买一枝吧，不贵的，五角钱！玉儿想不买。小女孩眼里就流出了泪。小女孩说，一早上，我一枝也没卖掉呢！玉儿的心就软了。她看那花，花是塑料花，是开得很像月季的那种鲜艳的花。玉儿掏给了小女孩一块钱，小女孩给了玉儿两枝花。玉儿要了一枝，走了两步，就把花扔了。

小女孩从后面满头大汗地追了上来。小女孩说,阿姨,你的花丢了。

玉儿把花接了过来,然后对小女孩说,谢谢你了。来到病房,玉儿随手把花儿插在窗台的瓶子里。

可在这时,玉儿接到了男友的电话。一听他的声音,玉儿的心都不在自己身上了。玉儿什么也没想,就慌慌张张乘车往另一个城市赶,因为在电话里,男友对她说,他现在正患一种病,快要死了。

玉儿来到男友处,才发现男友骗她。男友好好的,什么病也没有。男友说,我患的是相思病。我想你啊。我真的好想你啊!想死我了呀!

玉儿喜欢听这样的话,所以玉儿就原谅了男友。玉儿在男友那儿过了两天,男友还想让她过第三天,这时,玉儿想起梅老师窗台上的月季。

玉儿决定马上走。男友怎么留,也没留住。

三天了,花一定早就谢了。玉儿显得很颓丧。进病房前,玉儿就先到花园里摘了一些正吐瓣的月季花。

推开病房的门,玉儿呆了。她发现瓶里还有一枝花儿在热烈地开,很专注。玉儿还看到梅老师眼里满是莹莹的泪儿——梅老师醒过来了。

梅老师用手指了指窗台。梅老师说,这几天,我一直在看它们,我想,它们谢光了,我也就该走了。可这朵花一直在开。我好感谢它!

玉儿仔细地看那朵花,那朵花正鲜艳地"开"。

梅老师说,这一定是枝不同凡响的花,就像当年他送给我的那枝一样,我想看看它!

玉儿眼里滚出了泪,玉儿想对老师说那是枝塑料花,可玉儿没说。玉儿就向窗台走去,在她转身的刹那,换上了一枝刚摘的月季。

玉儿把这枝花儿交给梅老师,梅老师嗅了一下说,好香啊!和当年他送给我的那枝花一样。真美啊!

后来,玉儿就把那枝塑料花儿栽在了花园里,让它在花园里开。

给孩子撒一次善良的谎

这是去年我在贵州开会时听到的一个故事。

说的是两个人带着孩子去爬山。孩子不大,八九岁的样子。山很高,都高到云里去了。两对父子爬啊爬,爬了很长时间,爬到筋疲力尽的时候,终于爬到了山顶。站在山顶上,看着远处的群山,一览众山小的感觉油然而生。两对父亲就觉得自己很了不起,就觉得自己像神仙一样端坐在云层里。四周是连连绵绵、苍苍茫茫的山,像山的海洋,浩浩荡荡,波澜壮阔,无边无际。看着山,两位父亲禁不住一阵悲哀,他们都意识到自己是这山的海洋里的一滴水珠,自己的一生也就是这山里的一株草或一块石头。

山的那边是什么?两位父亲都不知道。因为两位父亲都没有走出过山的海洋。

两个孩子都在望着山,望着山的尽头。两个孩子眼里都是一片新奇,一团疑问。

一个孩子问父亲：山的那边是什么？

父亲说：是山。

孩子又问：山的那那边呢？

父亲说：还是山。

孩子问：爸爸，你到过山的那边吗？

父亲摇了摇头说：不光我没到过，你的爷爷，你爷爷的爷爷也没去过。

孩子望着那层层叠叠的山，眼都望累了。孩子低下了头。

另一个孩子也问父亲：山的那边是什么？

这个父亲就是我，我告诉儿子：是山。

孩子又问：山的那那边呢？有海吗？

孩子眼里充满了希望，那希望像春天刚刚发芽的草儿一样稚嫩。望着孩子那双纯净的眼睛，我只好对孩子说：有。

孩子问：海大吗：

我说：大，很大很大。

孩子问：海里有船吗？

我说：有，船很大很大，能装咱一寨子人呢！

孩子脸上露出了惊喜，接着问我：爸爸，山那边还有什么？

我其实对山那边一无所知，山那边对我来说是一个未知的世界。可望着孩子那双好奇的眼睛，我不忍伤害他，只好说：山那边什么都有，你想到的有，你想不到的也有。

孩子望着云雾的深处，眼里流露出一种好奇和坚定。孩子说，爸爸，我长大了，一定要到山的那边去。

三十年弹指一挥间，当年爬山的两个父亲都老了。有一次，我们又见面了。你满脸的沧桑，你看到我满面红光，很是羡慕，你问我：老哥，过得可好？

我说：好，你呢？

你说：你看我现在的样子，像个过好日子的人吗？

我摇了摇头。

你又问我：孩子怎样了？

我说：孩子很好。现在在山那边的城市里做事，是一个公司的董事长。

我问：你的孩子怎样了？

你把头低下了。你说现在和你一样，在家种地。你问我还记得咱们在一起爬山吗？

我说：记得。我说我儿子能有今天多亏了那一次爬山。

你不明白。你说：那一次，你可是给你儿子说的是谎话。你说山的那边怎样怎样，其实你是一次也没有出过山啊！

我说是的。那次我给儿子说的是谎话。可我正因为给儿子说了谎话，才鼓起了儿子飞翔的翅膀，才让他的心走出了大山。

我对你说：我儿子常对我说，他能有今天，多亏了那一次爬山，是那一次爬山让他知道外面还有那么多那么美的风景。

你低下了头。你说我可是给孩子说的真话。你问我：难道我说真话错了吗？

我说：你没错。我说，你是父亲，你怎么错了呢？

你说：我想不明白，我真的想不明白啊！

我说：你给孩子说了真话，可恰恰是这句真话，却把孩子想舒展的翅膀给收回了，把孩子本来属于天空的飞翔给击落了。我虽给孩子撒了谎，可我却鼓起了孩子的翅膀，把他飞翔的雄心交给了天空。我说：有时候，给孩子撒一次善良的谎，对孩子来说，不是坏事啊！

你说你明白了。你说明白的时候，眼里滚出了两滴泪。泪很大,很红。

我知道,那滴泪和我所说的谎话一样,都是满满的爱啊!

流　水

开始的时候,是春天,天正下着雨,下得很有耐心,情人一样,缠缠绵绵的。那时没带伞的你正走在回家的路上,走呀走呀,你好狼狈。

那时那个叫我的男孩正在回家。你们走在一条路上。他比你走得快,比你走得悠然。他撑着一把伞。他发现了你。他发现你时他的身上没有一点湿。可你却湿得很厉害,落汤鸡似的。他不忍心了,仅仅是不忍心,他就把伞给了你。

开始你不接。怎么能接陌生人的伞呢? 他说雨还得下很久呢! 你看清他眼里干干净净的,很善良。你又看了看天,看了看雨。你就把伞接了过来。

你说:咱们俩打一把伞吧!

他摇了摇头。

后来你就一个人走。到家时,那个叫我的男孩浑身都湿透了。当时你很不好意思,说了一些让人比较激动的话。当时你的脸很红。他只说没什么,之后,就接过伞走了。

走了就走了。

再认识的时候是夏天。那天很热。你走了很长的路,你很累,也很热。那时你就想吃个西瓜,吃个西瓜解解暑。当时那个瓜摊前坐了好多人,男男女女的,都在吃瓜,吧唧吧唧的,都吃得很响。

你叫那个卖瓜的给你切了一个,是沙瓤的,你吃了一口,好甜,好爽。一抬头,你发现了那个叫我的男孩,坐在你的对面。你迟疑了一下,说:怎么是你? 他也说了句:啊,怎么是你?

之后,你们都把瓜吃得很小心,很文雅。不像另外那些吃瓜的主,残酷地吃到了皮。你们就接着说了一些话,有些是关于那个雨天的,有些是试探性的。再接着,你们都争着结账。当然,摊主还是收了他的钱。你感到很不好意思。你就说:谢谢你了。

他说:应该的,不用谢。之后,时间就过去了。

过去就过去了。

可你总觉得欠他很多似的,你就想还他。那时,你还不知道他在哪儿,他叫什么。你反正知道,他和你一样,都在忙,忙着寻找什么。

没事了,你就想,一想就脸红。一红就低声说自己:没羞! 说了也没用,还是想。

你就想再遇到他,假如你们再遇到,就是缘!

后来,你们真的遇到了。你想,这就是缘了,就和他说,说了一些话。当然,你说得很好,他听得也很好。你们都很高兴。

后来,你们就交往了,蹚水一样的,开始浅,浅着浅着就深了。

后来,你有了做他妻子的想法。你想你一定能做个好妻子。你想对他说。可这话沉,你很害羞,说不出口呢!

后来你就一个劲地说那个雨天的伞和伏天的西瓜。你说伞能避雨,西瓜能降温,都是好东西。你说了一大堆实话。其实他很明白。你就有点恼了。你想,明明知道了,还让人家说,真坏!

他笑了,他把你的手拉着,然后就拥了你。你说:别这样,这样不好。可你还是偎在他的怀里,很乖。

后来你们就相爱了,爱得很深。再后来,就结婚了,他做了你的丈夫。

再后来,你们有了孩子。孩子不很乖。你们就有了些烦恼。当然,有时怨你,有时怨他,有时谁也不怨。

风平浪静的时候,你们就和大家一样说说笑笑地过日子,把日子过得很绵长。有时你们俩就躺在床上,说着柴米油盐。只有很少的时候,什么话都拉完了,你们才拉起爱情。你就问他:咱俩的爱情像什么?

他考虑了很久,才说:大约像伞吧?!

你不同意,你说:像个大西瓜。

他笑了,笑得很开心。他说:你的这个比喻精彩极了。对,像个大西瓜!

你想他一定领会你的意思了,你很高兴,就吻了他一下。

他却睡着了,很香。

你想,这就是幸福吧。你就搂着他的肩,睡了。

秀姑娘

有个故事,是真的,不美丽。

我庄前边有个村子,是王楼。王楼有个叫秀的女子,长得美,十六岁就像一朵花了,天天那么鲜艳地开着,馋着满村人的眼。

秀没事常到我庄上来,我庄上是集,十天五个,逢单日。秀在集上一走,就拽走一集人的眼。一集的嘴巴就喷:咦,俊死了,谁家的妮?连老头也这么问。

集上有个理发铺,是黑的。黑快三十了,还是独身。黑就是脸黑,炭一样的。黑的活好,他收拾出的活,又鲜亮又工整,惹人的眼。

秀的头发常要黑做,秀原来是留辫子的。辫子都到腿腕子了。有买头发的相中了,认了一辆"凤凰"自行车的钱,给剪了。秀的头发就短了。秀就开始到黑那儿做头发了。

每次秀出来赶集,秀就很光亮,晃一街人的眼。一街人的眼就跟着追。一街人都说:哎,仙女呢!

就有人给秀做媒,都是些干净后生。干净后生有好扮相也有好门庭,秀就是不点头。

娘就急,就问,妮,到底什么样的才中?

秀说,我不知道。

娘说:你怎能不知道呢?

秀说,真不知道,娘!

娘就高兴。娘想,这是眼光高呢,憨妮子!

娘就开始给秀张罗了,张罗那种让全村女子眼红得嘴里咽唾沫的后生。那些后生走马灯似的在秀家里进进出出,害苦了一村子的妮。

秀也就能常出入黑的理发铺。秀的头发也就常那么鲜亮着,鲜亮着见那些后生。那些后生见了秀就说,你的发型真好看,真好看。

秀有些得意。后生们就问,秀,你看我怎么样呢?秀就说不错。后生们有些小得意。秀就说,有一点,你们该好好地做做头发。

后生们的脸拉得老长。

日子就这样过。一日,一日,又一日。

终于有一天,集上的人发觉不见秀了,就打听。有人就把嘴噘向了黑的已经关门的理发铺。有人还不明白,那人就恼了,说,跟黑跑了!那人说得很气愤,很亏。

三年后,秀和黑抱着娃娃回来了。黑还是接着在集上干理发,秀还是那样鲜亮。

秀开始走娘家了,抱着孩子走。娘开始不开门。孩子哭了,哭得很凶。娘就把门开了。娘说,哎,冤家,进来吧!

秀就抱着孩子进家了。

娘就问秀,他到底哪儿好呢?

秀说,我,我不知道。

娘就说,不知道你怎么能跟他走呢?

秀说,我也不知道为什么。

娘知道秀说的是真话。娘就狠狠地骂,小死妮子!骂过之后,娘就觉得心里好受了很多。

秀没事了,就爱在集上走。还是十天五个集,逢单日。一走,就拽一街人的眼。人就说,哎,仙女呢!

只是黑的铺子里的生意越来越好,一天到晚地忙。黑都是给女人做头发。

一棵树的风花雪月

让狼舔舔你的手

　　是二十世纪七十年代的事了。那时我在东北的一个深山老林里伐木头。那时伐木头不像现在,什么样的都伐。我们是先到林子里去,拣那些大的,粗的,够年岁的,快要枯的树伐,只有这样,我们才能保证森林年年葱郁,才能保证森林不被破坏。我们是伐木三组。我们这组是三个人,有我、李建国、张太平。张太平是我们三人中岁数最长的一个,我们都叫他老张。老张是猎人出身,会做夹子什么的捕兽器,常捕捉一些动物添补家用。李建国岁数比我小,二十三四岁,我称他为小李。小李可听我的话了,让他做什么他就做什么。可巧那段时间,老张回关内老家了,我们这组就剩下我和小李了。这一天,我和小李正拉着树,猛然听到一只狼的嗥叫声,声音很凄惨。我和小李就停下手中的活,循着叫声找过去,结果发现一只狼被老张的捕兽器夹住了。狼在哀号,看到我们,眼里露出了凶狠的光。从狼那不停滴流的乳汁上我们知道这是一只正在哺乳期的母狼。母狼显得很焦躁,对着我和小李狂嗥。那嗥声里充满着无限的仇恨。

　　小李看着母狼那越鼓越大的奶头说:"哥,这可是一头母狼啊!"我也看到了母狼的奶水在不停地滴淌,就点了点头。小李说:"哥,老张这次回家不知什么时候回来,这只母狼如若没人处理会饿死的。"我说:"是的,饿死这只狼没什么,可它的那一窝小狼崽也都会饿死。这可是一死就是几个生灵啊!"小李见我这么说，知道我也在为那几个小生灵担心，就和我商量。我们两人当即决定了一件事。就是这件事，它改变了我们两人的一生。

我们当时商量决定：一定不能让这只狼饿死，救活这个狼家庭！

我和小李跟着老张学了一些看足迹找猎物的常识。我俩就跟着这只狼的足迹，费了九牛二虎之力，终于在一个大枯树洞里找到了狼穴，将五只可爱的小狼崽抱到了母狼的跟前喂奶，以免小狼崽饿死。小狼崽还没有睁眼，母狼看到我们抱着它的小狼崽，简直像要疯一样，我们忙放下，小狼崽听到母亲的叫唤，忙向母狼爬去。母狼把爬到自己跟前的小狼崽都弄到自己身下的奶头上，那个温存和耐心，真的让我们感动。多幸福的一家啊！可是，现在母狼却身在险境。小狼崽看样子是饿了很长时间了，不一会儿就一个个吃得肚子滚圆，母狼的奶子也就瘪了下去。母狼不能去寻食，又不让我和小李近它的身给它松夹子，怎么办？为了母狼有充足的奶水，我俩把吃的都省出来给母狼。母狼因被夹子夹住，没自卫能力，为防止别的动物来侵袭它们一家子，我和小李就在母狼附近搭了个窝棚，看护着这个狼家庭。

刚开始给母狼喂食的时候，母狼非常不友好，龇着牙向我们发威，不允许我们靠近。过了几天，母狼看我们没有恶意，态度比以前好多了，不向我们龇牙了，我们去给它喂食时，它眼里的光柔了很多，仇恨也淡了很多；又过了两天，母狼眼里也没有仇恨了，它开始一见我们就像家里的狗一样给我们摇尾巴了。我们知道，我们已经获得母狼的初步信任。母狼先是小摇，又过了三天，只要一看到我们，就开始使劲地摇了。我们知道母狼现在已是完全信任我们了，允许让我们靠近它了。只有靠近母狼，我们才能把它解救出来。我们就是这样取得了母狼的信任，近了母狼的身给它把夹子松开的。获得自由的母狼先把自己的那五个崽逐个舔了个遍,舔得那个亲,让我们两人很感动。接着母狼走到我和小李的身边,围着我俩转了一圈,然后伸出了它那毛涩涩的舌头舔了舔我的手,又去舔了舔小李的手。之后,母狼在我们跟前躺下了,我和小李看到它的伤腿都有些溃烂了,我俩又给母狼的伤腿上了药。看着我和小李给它上药包扎,母狼眼里满是感激。

过了几天,母狼的伤腿好了。那一天,我知道母狼就要离开了,因为一清早,它就出去了,没过多大一会儿,它衔着一只野兔回来了,接着它又衔回了一只小野鹿放在了我们的窝棚旁。看到这两个野物,我就对小李说:"母狼看样子要离开我们了。"小李看着野兔和小鹿点了点头。这时,听到我俩回来的母狼从我们给它搭的窝里出来了,身后跟着它的那五个早就睁开眼的小狼崽。母狼领着他的五个小崽子围着我俩转了三圈,接着仰起头长嗥了一声。这一声,我虽然不知道母狼说的什么,但我能感觉得出,这是母狼在对我和小李说出它最感激的话,它是在用这种方式来表达自己的感激。之后,母狼就带着狼崽走开了。母狼一边走一边频频地回头,在母狼回头的时候,我发现母狼的眼里竟有点点的泪花……

后来,母狼的泪花常常开在我的生活里,它那涩涩的舌头舔我手的感觉时时让我感动和温暖,那温暖是信任的温暖,那温暖是真诚的温暖。也就在狼舔我手背的时候,我知道了什么是真诚。就是狼的那一舔,影响了我一辈子。我时常在想,如果我们能做到让狼能舔你的手,还在乎得不到真诚吗?

在夏日里画场雨

很久很久以前,我就想画场雨,画场淋漓尽致的雨,把你淋湿。

我知道自己不该这么做,有爱把它埋心里就算了,没想到啊,你在我心里发芽了。那时我想,就让你长大吧。后来你就长成了一棵树,很挺拔的一棵树。

春天逝去的时候,我正在一条小河边对水梳妆。我发现了我自己,不再是个小丫头。我害羞的眼睛告诉我,我长大了。

我开始心慌,毕竟自己的心上长着一棵树,这棵树还在不停地长粗、长高。这时候,我猛地发现,我很喜欢这棵树。

它的叶子那么嫩绿,绽着油光在太阳下金子般地闪烁。挺拔的腰身那么的伟岸,扎进天空里显示着青春的蓬勃。

我知道不可避免的事就要发生,那时我强烈地克制着自己,使自己变得若无其事、心如止水。后来天空逐渐热起来,趾高气扬的太阳在天空挥洒着自己的权力以示自己的高傲无比,那时我正在你的树荫下写一篇关于一个男孩和一个女孩相爱的故事。那个故事很感人,像琼瑶笔下的男女主角相爱那样缠绵悱恻。写着写着,我的泪止不住地跑了出来,钻进了我脚下干裂的土地。泪钻得很迅速,一眨眼的工夫就失去了踪迹。这时我发现你头顶的太阳正洋洋得意,可你默守如雕,始终忍受着,用身躯给我铺出一片绿荫,让我安静地去写、去画。虽然你的叶子风干如铃,风吹过发出金属般的声响,但你的头依然那么昂着,意志顽强不屈。

这时,我的心很疼,有一个想法在时时刻刻地催促我:画场雨。在晴朗的天空上画场雨。画场淋漓尽致的雨,把你淋湿!

在我正要展笔的时候,你湿了。你发现了我的用意,你激动的泪水忍不住倾盆而出,流得好凶,好大。

那时你浑身湿透,你显得很狼狈。你的帅气你的英俊在你的"狼狈"中是那么的令人心动。这时太阳隐去了,天空一片灰暗。你萧瑟着,但你坚韧的目光让我明白了,活着是为了什么。那时的我什么也没说。唯一的想法就是想画个又红又大的太阳。画个又红又大的太阳,挂在你的头上,晒晒你。

于是,我蘸饱墨汁,在空白的天空上画了个太阳,那个太阳很大、很红、很好看。

后来,你干了,我湿了。我湿得好苦,好狼狈。

可我丝毫没有怪你。

小麦的幸福

小麦的幸福是她在上三年级的那年找到的。

那是夏天,爹带她去城里。所谓的城里,实际上叫滕县,从前叫滕小国。城不大,没用半上午,她和爹就逛完了。村支书说过难听的话形容城小,说东头放个屁,西头立马闻着臭味。可在小麦眼里,这是大城了。你看,楼多高,路多宽,还有人家骑自行车的,每人手腕上都戴着手表,太阳底下闪闪发光,晃人的眼。小麦就跟爹说,爹你看,人家骑自行车的,每人都有手表。爹看了看说,妮,那是城里人。爹说完恨恨地骂了句。小麦不知爹为啥骂人,小麦觉得爹这样不好。在人家门口,你骂人,人家要揍人呢! 小麦明显地感觉出了,爹跟她和这个县城不协调。你看人家城里,街多干净,人人都骑着自行车,都穿得很洋气。哪像她和爹,好似一件新衣服上的两个补丁,很显眼。小麦觉得很丢人。

　　小麦就往爹的身后藏。爹也许觉出什么,问小麦,妮,城里好不好? 小麦点了点头。爹说,妮,咱村有很多人没进过城呢! 爹说这句话时显得他很了不起,像骄傲的大公鸡。爹说,你冬瓜爷,八十多岁了,一回城也没进过呢! 小麦说,爹,冬瓜爷是瘸子,两条腿不能动,上茅房都要人扶着。爹知道小麦这是反驳他。就又说,你灯笼奶,你知道的,没进过城,对吗? 小麦知道灯笼奶,自嫁给灯笼爷后,只回了几次娘家,一辈子哪儿都没去过。因为她走出家门就转向,就找不着回家的路。灯笼奶常说,她是拉磨的驴托生的,不然,咋就只记着磨道这点路呢! 爹见小麦不吱声了,就问,小麦饿了吗? 小麦点了点头,从早上出来到现在光逛了,一直没吃饭,肚子咕咕叫呢! 爹看样子是狠了心,说,妮,走,咱到三八饭店吃馄饨去! 爹口袋里装着娘给的卖鸡蛋的钱,爹一直攥着,不舍得花,都攥出水了呢! 所以小麦就记住了那碗馄饨。那是她长这么大吃得最香最甜的饭。看着吃得满头汗的小麦,爹问,好吃吗? 小麦说好吃。爹又舔了舔他的干碗,然后长出一口气说,唉,好幸福啊! 小麦不知爹咋就冒出了这句话,小麦也被感染了,她觉得,她摸着幸福的边了。她们班到过城里的人很少,更别说在城里吃过馄饨了。爹说,这就是幸福! 妮,只要好好学习,以后你比这还幸福呢!

　　小麦记住爹的话,好好学习,天天向上。后来,她考上了大学,再后来分配到滕县教书。分来的那天,她觉得她终于不是城里的补丁了。刚领到工资的那天,她从三八饭店里买了五斤馄饨带回了家。爹说真香,娘说真香。弟弟妹妹说我的舌头都吃肚子里了。小麦觉得她幸福极了。

再后来,小麦成了家,找了个不错的丈夫。后来,小麦听了丈夫的话,停薪留职办了个公司,小麦当老板。小麦的生意很好,小麦成了一个成功的女人,有鲜花,有荣誉,有可亲可爱的丈夫和儿子。

一空闲了,小麦就坐在她的老板桌前,瞅着窗外的这个城市,现在这个城市叫滕州市了。小麦有时望天,天上有云,是白云,缓缓地飘。有时望着街上川流不息的人流,人们都在匆匆忙忙地跑,在追赶着什么。小麦就想,当然,有很多事小麦是想通的,也有一些是想不通的,比如,从前那个往爹身后藏的乡下妮子,为什么就那么容易感觉到幸福呢? 小麦想,那个孩子太傻了,真的太傻了。

自己的纯净

花 香

孩子把花儿举到我的鼻上,问,爸爸,香吗?

那时我心里正烦。因我在生活的路上被人踢了一脚,把我正端着的饭碗给踢掉了,摔了,摔了十八块。

我很为那只饭碗可惜。那只饭碗是玻璃做的,做工很精致,造型很美,我很在乎。

我把孩子推到了一边,我说,去！去！一边玩去！

孩子看着我,怯怯的。孩子的眼睛很委屈,有水雾在里面飘。

我有些心软,就哎了一声。我把孩子又拉了过来。我抚着他的头,说,孩子,爸爸烦着呢！

孩子看着花,又闻了闻,问,爸爸,你为什么不看花呢？

我说,爸爸不想看。真的,爸爸没心思。

孩子问,爸爸,难道花不香吗？

我说,不是,不是花香的事。

孩子的眉头皱起来,孩子问,爸爸,还有比花不香更大的事吗？

我的心一动,我说,孩子,花很香。

孩子说,爸爸你骗人,你没闻,你怎么知道花很香呢？

我把花又拿了过去,放在鼻下,用力地闻了闻。我说。我闻了,是香,是很香。

孩子摇了摇头说,爸爸,你没有真闻。爸爸,你要是真闻了,就会觉不出香了。

我对着花又使劲抽了几下鼻子,我说,是香啊。真的,香。

孩子用手指着扦断处,那儿正有汁水在涌出。孩子说,爸爸你看,花在流血呢！

孩子问,爸爸,你说,花疼吗？

我的心一颤,说,疼,一定很疼的。

孩子说,爸爸,如果要不掐这朵花,这朵花不流血,这花儿就光是香了。

我说,是的。

孩子说，爸爸，这花儿要光是香该有多好啊！

我说，是的，要光有香多好啊！

孩子说，爸爸，我以后不再掐花了！

我说，不掐掉，你怎么会拿在手里呢？

孩子茫然了。孩子问，那，那我该怎么办呢？

我说，要么你不再闻花香，要么你不在乎花疼的事。

孩子似懂非懂地看着我。我知道我这话说得太拗口，太有哲理，太大人化了，我想，孩子大了，孩子就懂了。

懂了，就会明白，花儿为什么会被掐掉，爸爸为什么烦恼了。

洁　水

孩子坐在池边，看着水中的一朵莲。

莲是睡莲，开得很害羞，像刚刚有了心事的女孩。

孩子的眼睛很纯，纯得就像那一池水。

水中有鱼，是很肥的那种鱼，臃臃肿肿的，就像已经腐败的县长或局长。

鱼悠悠地游，无所事事地游，很欢，欢得水更静了，欢得莲更美了。

孩子的眼里就有了笑意，笑很纯，就像水中的那朵莲。

孩子说，叔叔，你看，水儿多静啊！

我摸着孩子的头，我说，孩子，是静。

孩子说，叔叔，你说，这叫美吧？

我说，是美，真的，很美！

孩子就笑了。孩子说，叔叔，你真好！

后来，我发现了鱼，鱼在水面上游。鱼太张扬了，招招摇摇地游，游得我的心里痒痒的。

心一痒，我就明白自己该做什么了。

那时孩子已回家给我端水去了。我对孩子说，我渴了。

孩子说，叔叔，帮我看着水，我去家里给你端。孩子一离开，我就下了水。

当然，鱼是有头脑的，在水里同我展开了对抗。

我把自己弄得很湿，很狼狈。那时我的眼里出现了火星，那火星把我燃烧了，烧得我不是我了。我就觉得我像一个纪委书记了。

这时孩子端着水来了。这时我已抓到了一尾鱼。鱼很肥，肥得我的口水泛滥了我的嘴巴。孩子看着我手中的鱼，眼里出现了迷惑。那迷惑里燃烧着他小小的愤怒。孩子说，叔叔，你干什么？

我说，孩子，你看，这鱼多肥啊！

孩子说，你干什么呀，你干什么呀！

我看了看孩子，又看了看我手中的鱼。鱼不屈服，鱼在挣扎。

孩子用手抹着眼角的泪说，你怎么能这样呢？

我说，我，我，我哪样了？

孩子指着水说，你把我的水弄脏了，你把我的水弄脏了！

我就看了看鱼，我发现，鱼的眼里有泪。

那朵睡莲，已是泪水满面了。

龙伯品茶

龙伯就是这么个人，不吸烟，不喝酒，只好一样，喝茶。

茶也不是什么好茶，就是一块钱一包的大叶子茶。好茶龙伯不喝，不是不爱喝，龙伯说，好茶一喝就惯坏了胃，再喝大叶子茶就没味了。龙伯讲究个细水长流。大叶子茶有钱能喝，没钱也能品。十斤瓜干的钱就能喝一年，经济！

龙伯喝茶很讲究，一天喝两次。一次是早晨起来，一次是睡觉前。早晨起来，龙伯首先去看头天晚上放在院子里用来装露水的盆。盆是泥盆，用小筐罩着。龙伯就用这盆水烧茶。龙伯说这水经过天地交合，一夜露水的滋润，有天味。烧水用的是铁锅，用柴火烧。龙伯不喜欢用煤，他说煤太霸道，烧出的水性子烈，泡出的茶就硬。

烧时，先用文火。水开始泛边，龙伯就往火里添几个木块。水泡冒得急了，要翻滚，龙伯就往火里续几个拇指般大小的青石块。龙伯说这样烧出的水柔里有刚，耐喝。

泡茶得用茶具，龙伯就用一把很粗糙的大砂壶。儿子嫌大砂壶难看，登不了大雅之堂，趁出差到景德镇捎来了一套瓷茶具，用了几次龙伯不用了。儿子说大砂壶既难看又不卫生，有哪门子好？龙伯说：大砂壶难看，却中用，还最保味儿。龙伯母不信，龙伯就让龙伯母品。品后，龙伯母就不再说什么了。

泡茶是龙伯最兴奋的时候，一到这时候，龙伯就两眼潮红，额上沁着细碎的汗珠。龙伯就把无名指、小指卷起,用中指、食指和大拇指不紧不松地抓了三撮。

一遍茶龙伯是不喝的,他说:茶如人,茶味就似人的容貌,准确地说,就似女人。他说一遍茶就似十来岁的小孩,容貌很稚嫩,看不出什么。一遍是要泼的。然后再倒水,茶的颜色就由浅至深,由红到紫继而紫红。龙伯先用舌尖轻拍水面,拍打泛在水面的茶叶,而后才呷。呷一点,感觉到火候了,小饮半口,漱嘴,接着才喝。龙伯说:二遍茶似十八九岁的姑娘,容貌很俊俏,其实是不耐看的。最好的是第三遍茶。说到这儿龙伯就呷呷嘴,很幸福似的。他说第三遍就像少妇,由于受到天地的交合,无论怎么看,都很丰满、成熟,喝到嘴里满是味,有品头。第四遍嘛……说到这儿,龙伯端起小饮半口,然后才说,就像半老的徐娘,还有点姿色。第五遍茶龙伯是不喝的,他说那是满脸沧桑的老太婆,没意思了。可在龙伯母死后,龙伯就开始品第五遍茶了,且每次品得都很专一,很投入,就像进入了一种境界。

有次龙伯品茶,恰巧我在旁边。龙伯喝一遍让我品一次。我只觉满口的苦涩,根本没什么感觉。龙伯说:茶品的是味,不应是茶。在喝第五遍时,茶已无色,和白开水无异了。我说:龙伯你泼了吧,我再给你泡。龙伯摇摇头说:茶喝到这时候是没味了,越是没味,越有品头!说着,龙伯眼里就流出了泪。

活鱼的水面不结冰

入了冬,我很少赶集。

我们这儿的集说起来就是一处农贸市场。有的地方说场,有的地方说圩,我们这儿说集市。后来嫌带着个市拗口,就干脆把后面的市字省略,叫集了。

集是老集,年代很久了,具体起于什么年代,也无从考起了。集在我们村的西面,十天四个,一六四九。

恰巧是九的这天,妻子要烙煎饼,早早地就去打糊子了。糊子就是把花生、黄豆、小麦一起放到电磨里加水磨出的浆。妻子在走之前安排我:我分不开身了,你去赶集吧,这两天,宝刚想吃鱼,你看着买一条吧。宝刚是我的小儿子,今年才五岁。

领了老婆的"圣旨",我不敢怠慢,急匆匆地来到村西的集市。天虽冷,人还是不少,大家都急急忙忙地购买着自己需要的物品和蔬菜。我首先来到了鱼市。

鱼市上的人不少,摊点也比平时多了几家。因为再过几天就是冬至了。冬至在我们这儿叫"数九",是进入真正冬天的开始。俗语说:一九二九不出手;三九四九冰上走;五九六九,抬头望柳;七九六十三,路上行人把衣搬;八九七十二,犁牛遍地是;九九八十一,家里送饭地里吃;九九复九九,麦子入了口。我们这儿有在数九喝羊肉汤的习惯,还有女儿给娘家送羊腿的习俗。现在羊肉贵了,很多女儿就买黑鱼替代,表示个孝心。

　　我在一个摊点前站住了。因为这个老板卖的鱼都是活鱼。买鱼我一般都是买活鱼，死的白送也不要。我看中了一条白鲢鱼，是里面活得最欢的一条，也是里面最大的一条。一称，三斤半。好，就这条！

　　我把鱼提回了家。老婆看我买了这么大一条鱼，忙把她洗衣服的大铁盆端出来。我把鱼忙放了进去，鱼儿也许是在方便兜里憋屈的原因，入了大盆，它一个翻身，用尾巴啪啪地拍了拍水，就钻进水里，展现着自己了。

　　看着鱼儿的游动，我的心禁不住地抖动起来。鱼啊鱼，你知道我为什么买你回家吗？就是因为想吃你的肉啊。吃了你，我和我的孩子们才能身体强壮，脑筋灵活，才能有更多的精力去做一些我们自认为有意义的事。

　　鱼是不知道我此时的心理的，只是在水中来来回回地游动，快乐而幸福。在这条鱼身上，我看到了从容和平静，坦然和热爱。

　　快要入九的天，我们鲁南的天气，已要到滴水成冰的时候了。中央电视台天气预报说今晚将有一场寒流从北向南，影响我国东南部。受其影响，我们这儿的降温达到八度。也就是说，明天我们这儿的温度最低也得个零下六七摄氏度了。

　　不到晚上，我就觉着冷了，赶紧躺到被窝里看书，看着看着，我竟睡着了……

　　等我醒来的时候，天已大亮了。老婆早就起床了，正在做着她揽的一些加工的活计。

　　我忙穿衣起床。当我打开屋门，一股寒流扑面而至，我激灵灵地打了个冷战。妻子说，多穿点衣服吧，今天特冷。

　　我只好又加了件厚毛衣。走出屋门的时候心里才感觉到有底气。是啊，夏和冬是气候的两个极端，是对人自身体质和体能的两个挑战，只要能把这两个极点跨越，四季就不在话下了。

外面是白茫茫的一片，好像下了一地的雪，我知道，那是霜，是湿气遇冷而显现出的状态。脚下的土路铁硬铁硬的，有着金属的质地，完全失去了母亲般柔性的亲和力。我知道，这一切都是寒流的缘故，是没办法的事。

所有的水都结冰了，很多的生机都在冬日里低下了他们不可一世的头颅。面对大自然，所有的生机都只有叹气，我就想大自然的强大，我们谁也抗拒不了她。在大自然面前，人真是太渺小了啊！

我猛然想起我昨天买的鱼——那条在水盆里欢腾的鱼。在这么冷的漫漫长夜里，一定会冻死的啊！

我忙向盛鱼的水盆走去，水盆在自来水龙头旁。水龙头已经冻住了，再也流不出一滴水了，只流着一段长长的冰凌。要用水只好用开水烫了。几个有水的盆里也都结着冰，可有鱼的那个例外。水还是像昨天上午那样清澈着，一点冰凌也没有。鱼儿在自由自在地游，很欢实，欢得一个水盆里都是生机了。

我真的很惊喜。这个盆里的水怎么没结冰呢？我问妻子，妻子看了一眼鱼，说：还作家呢，这一点都看不出来？因为这个盆里有鱼，你看鱼的这个欢腾劲，水面能结冰吗？

妻子一语道破天机。是啊，无论一个人或一个家庭，只要充满活力，充满激情，即使是再严寒的季节，自己的"水面"也永不会结冰！因为，你的活力融化了寒冷！

死　帖

如蚁从主人手里接过帖时,吃了一惊,因为上面清楚地写着两个字:孟仲。

说起孟仲,如蚁知道,那是善州百年不遇的好官,爱民如子,众口皆碑。他到善州不到三年,为善州的老百姓办了很多的实事、好事,善州的老百姓称他为"孟青天"。

如蚁也知道,他是个孤儿,自从主人把他抚养成人后,他就不是他了。主人对他倾尽了心血,目的是把他培养成血光门的骄傲,成为当今武林的一代盟主。主人知道如蚁行。

主人知道如蚁的活路,更知道他的脾性。俗语说,知子莫如父,知徒莫如师。如蚁眼里闪出一丝惊讶时,主人已捕蜻蜓一样一下子把正在飞翔的翅膀捏住了。

主人说:"我知道孟知府不该杀,但我接帖了,就该杀。"

如蚁没有说啥,只是低着头,看着脚下的地。

主人说:"不该杀也得杀,我们没有选择的余地。"

说起来,一般的活主人都不交给他,主人手下有很多的杀手,但若交给他,说明这个活儿非他莫属。

主人看人很准,该谁干的活就谁去,从无差错,所以血光门自从在江湖上露面以来,从没误过帖,逐渐成了江湖上人人闻风丧胆的第一大杀手集团。

如蚁明白,主人很犯难,一般的是接过帖来,主人一看,就吩啊谁去。而今天，主人对他说了这么多，如蚁知道，主人很难受。

主人说："孩子，其实这个尘世上的很多人都该杀，可我们却杀不了，不该杀的人却都无端端地死了。如蚁，我们都还没有修炼到心如止水，因为我们都还知道什么是好，什么是坏，对于一个杀手来说，这是一个悲哀。"

如蚁没有说啥，只是又看了一下帖。帖上还是那两个字："孟仲"。

主人说："孩子，记住，我们是杀手，接人钱财，替人消灾，这是血光门的规矩。我们这些人生下来就是一台机器，就是一把专门杀人的刀子，我们是不能有感情的。"

如蚁按了一下腰间悬着的玄冰剑。

主人说："想一想来到尘世的哪一个人不是在受苦呢？人是不愿到这个世界上来的，假如你听到新生婴儿的第一声啼哭，你就会明白这降临是多么的不情愿，是多么的委屈。所以，我们是在帮他们脱离苦海，我们是在帮他们做善事啊！"

如蚁知道主人动了情，因为主人眼里有泪花在晶莹莹地开，那花开得很浑浊。这是从没有的事。

主人说："我知道你是一个很仁义的杀手，在血光门中，唯有你最有情。你在每一个死者临终前，都替他们做一件事，让他们无牵无挂地走，所以，这个活，我决定让你去干！"

这是个夏初的夜，潮乎乎的风儿热热闹闹地刮。如蚁来到善州孟仲大人的府宅，孟大人正在书房里挑灯阅文。孟大人看得很入神，如蚁站在他的对面有半炷香时间，他也没发觉。

孟大人正在看很厚的谏文。孟大人看后拍案而起，然后骂了一声脏话，然后发现了如蚁。

孟大人很平静。孟大人说："你来了。"

如蚁没有吭声。

孟大人说："你是如蚁？"

如蚁说："我是如蚁。"

孟大人说："我没想到，你来得这么快。"说完孟大人笑了。孟大人笑得很爽朗。孟大人好像胸有成竹，一点也不畏惧。

如蚁说："你知道我，也说明你知道我的规矩，就是替我剑下之人办一件力所能及的事。你说吧，我不会让你失望。"

孟仲大人长叹一声说："天已入夏了。你也知道，荆河年年泛滥，关键是荆河两岸河床低矮，承受不了上游汹涌而至的山洪。如若在荆河上游修一道堰闸，汛期时关闭，让荆河上游的洪水直接进小清河流入西边的微山湖，我想就不会有事了。"

如蚁说："这事与我无关。"

孟大人说："这事与我有关！"

如蚁不解地望着孟大人。

孟大人说："我从到善州的那天就知道这儿年年洪水泛滥，荆河两岸的百姓流离失所，无家可归。三年来，我一直有个愿望，就是在荆河的上游筑一道堰闸，无奈，县库房里没有银饷。我当的是一个无用的官啊！"

如蚁看着孟大人。

孟仲大人眼里渗出了泪。孟大人说："我知道你是一个仁义的杀手，很多人都怕你，可我不怕你，而且，我从到善州任知府的那天起，我就盼着你来杀我，因为我知道你的规矩。"

如蚁的心动了一下，这个时候，如蚁再仔细看泪花浊红的孟大人时，猛然发现孟大人好眼熟，和他熟识的一个人很相像。

孟大人说："在我临死之前，我求你一件事，就是给我绑架一个人。"

如蚁问:"谁?"

孟大人说:"黄玉霸!"

如蚁听说过黄玉霸,是善州的大富之家。可以说,整个善州有三分之二是黄玉霸的,况且他朝廷里还有亲戚,家中金银珠宝堆积如山。

如蚁问:"为什么?"

孟大人说:"荆河修堰闸的费用我不想从百姓身上收缴了,况且,收也收不够。我想请你去向黄玉霸要一批银两。有了这批银两,堰闸也就能修起来了。因为我夜观星象,今年善州将有一场百年不遇的洪灾,如若修了堰闸,筑高荆河两岸的河床,今年的洪水也就能治住了,荆河两岸日后就不会再荒凉了。"

如蚁望着孟大人。孟仲大人向如蚁弯了弯腰。

孟仲大人说:"为了善州这二十万百姓,我孟仲向你叩首了!"

如蚁把剑按进了鞘。如蚁说:"好,我答应你。银两十日之内我给你送来,你的人头我先暂寄你项上十日。"说完,他转身而去,瞬间无息。

第二天,孟仲大人就闻听黄玉霸被绑架了,索要银两三万两,否则撕票。

谁敢这么大胆,太岁头上动土,连皇亲也敢绑架。当人们知道是江湖上鬼见愁杀手如蚁,都噤若寒蝉,那可是当今天下无人匹敌的第一号杀手。

当然黄玉霸的家人也不是善类,在黑白两道上找了很多人,出了很多的银两,可都不敢接招,都不敢蹚这浑水,谁也不敢拿着自己的脑袋玩。

结果是银两如数送到。

如蚁站在孟仲大人跟前说:"银两我已放在你指定的地点,我要办的事办完了。"

孟仲大人猛地跪下了,给如蚁磕了一个响头,孟仲大人两眼迷离,说:"我代表善州二十万百姓,谢谢你了!"

说完,从腰间抽出宝剑,就向脖子刎去。

如蚁伸手捏住了剑锋,孟大人不解。如蚁望着孟大人说:"堰闸完工之际,才是你人头落地之时。为了你的堰,我再给你一个月的时间。"

孟仲大人考虑了一下,说:"好,我一定把这道堰筑好。"

如蚁第二次来到孟仲大人府宅时,正下着雨,是一场百年不遇的大雨。孟仲大人望着如蚁手中的剑,又望了一下天上的雨说:"再答应我一件事,我想再最后看一眼我的堰闸!"

如蚁的心一动,泪就流了下来。如蚁答应了。

两人来到堰坝上时,荆河上游的洪水如脱缰的疯牛咆哮着撞来。如蚁只感觉脚下一震,接着洪水便乖顺地向小清河流去,看着那垂头丧气的洪水,望着脚下固若金汤的堰坝,孟大人脸上露出了笑容。孟大人说:"我可以放心地走了。"

孟大人说:"如蚁,你出剑吧!"

如蚁很被动,只好抽出剑。如蚁的剑抽得好慢。如蚁的剑在抖。

孟大人知道如蚁为什么抖。孟大人笑了,他故意说:"如蚁,小心,背后有人。"

如蚁一分神,同时发现,孟大人身后正有一个人向他奔来。这时,孟大人用胸膛向他的剑上撞去。玄冰剑尖从背后钻了出来。剑尖滴着血,接着,就被雨洗净了,只有剑在雨中凉。

如蚁愣了。

孟大人说："我说过，我不会坏你的规矩。"而此时，远处飞来的蒙面人一下子把孟仲大人抱住了。蒙面人叫了声："二弟！"

孟仲大人看了一下蒙面人说："哥，我对得起爹娘了。"

蒙面人拉下了面巾，如蚁傻了：蒙面人是主人。

如蚁呆了。

孟大人说："哥，那个帖是我差人送给你的。只有这样，堰闸才会修起来。我谢谢你了。"

孟大人说："哥，知道我为什么修这个堰闸吗？"

主人其实知道弟弟为什么修这个堰闸，可主人还是摇了摇头。

孟大人说："我这是在为你赎罪啊！"

孟大人说："哥，洗手上岸吧！"主人看着弟弟，孟大人像是睡了，很满足。主人又看了一下如蚁。如蚁在看着剑。如蚁的剑在雨中流泪。

主人望着雨，叫了一声："天啊！"

大雨滂沱！

中了老婆的美人计

老婆问我，有一个人最不可信了，你知是谁吗？

我摇了摇头。

老婆说，是你啊！

我问，为什么？

老婆说，谁不知道你们男人，吃着碗里的，看着锅里的，是天下最不忠心的！

我说老婆，他们是他们，我是我，你可别眉毛胡子一把抓。怪不得说，哪座庙都有屈死的鬼。老婆啊，我爱你海枯石烂不变心，沧海桑田不移情，苍天可鉴啊！

老婆嘴巴一撇，真的？

我说，千真万确啊！

老婆就笑了，坏坏地笑，笑得我心里虚虚的。难道，我的那点花花肠子让老婆发现了？

实事求是地说，我这人大缺点没有，就有一点小毛病：好色！放在这年月，也不是什么大不了的事，就是看到可心的人儿恨不得像蜜蜂一样马上去蜇一下子。可我有贼心没贼胆，心里痒痒的，却前怕狼后怕虎，就是不敢付诸行动，是属于好赌无钱、好色无胆的那一种人。有时我也恨铁不成钢，你看人家女孩都暗示你了，都给你飞媚眼了，快上呀！不知为什么，就是怕，一想还得回家见老婆，腿肚子就软了，就怯了，就没底气了。

没事的时候我就自己给自己打气，先从思想上，俗话说，十个男人九个花，一个不花是白搭。白搭是指男人有那方面的毛病。诸如肾不好啦、有生理缺陷啦等。这句老俗语更说明好色是男人的天性。

思想上充实了，我就再练自己的胆，当然是色胆。俗话说色胆包天。想包天，胆子一定得大。我就在夜深人静时去村南的墓地。开始是怕，猫头鹰在树梢上一个劲地对着我笑，笑得我两条腿一个劲地打哆嗦，心里发毛，头皮发胀。连去几天，我的脸发白眼发绿，渐渐地，我觉得胆子真有些大了，就是见了狐狸精我也敢上去调戏了。

这是老婆与我谈完话后不久的一天,老婆要我陪她去逛街。我最讨厌陪老婆上街了,所以我无精打采,像一天没抽烟的烟鬼。就在这时,我的眼前一亮,一个穿红裙子的女孩火苗一样在我眼前燃烧。那一刻,我的眼烧直了,气烧短了,两眼就死死地瞅着红衣女孩。那女孩仿佛知道我在瞅她,回首望了我一下,嫣然一笑。

　　老婆说,你怎么了?

　　我知道自己失态了,忙说,没什么,没什么,可眼角还斜着那女孩。

　　老婆说她要去买内衣,让我在这儿等着她,别乱走。说完老婆就走了。

　　我那个高兴啊,好像受苦人见到了红太阳,那一刻我真想唱:解放区的天是晴朗的天,解放区的人民好喜欢!

　　红衣女孩在一旁看商品,我忙跑了过去,跟女孩搭讪起来。女孩叫雪儿。雪儿是个自来熟,不一会我俩就聊得热火朝天。趁此机会,我给雪儿留了呼机及电话,接着我就约雪儿,今晚有空吗,我请你喝咖啡。雪儿说,好啊。我说,在"夜来香"。雪儿说,好啊! 我说晚上八点,不见不散。雪儿说,好啊!

　　到了晚上,我对老婆说,我出去办点事。老婆瞅着我不怀好意地问,去约会吧?

　　我说哪有呢。像我这样的草包男人除了你这样没眼色的女人看上,一般有点头脑的女人谁愿意正眼瞅我呢! 你就把一百二十个心放肚子里吧!

　　老婆见我这样说,就坦然了,就说,那你去吧!

　　那一刻我似出笼的鸟,我打的来到了"夜来香"咖啡厅。雪儿在。雪儿说,我还以为你不来了呢!

　　我说,哪能呢! 就是天上下刀子我也来,和你这么漂亮的人儿在一起,这是我前辈子修来的福呢!

雪儿问,上午和你在一块儿的那个女人是谁?

我说是我的大姐姐。把我管得可严了,唯恐我学坏了。

接着我和雪儿又坐了很久,谈了很多。当然都是谈了一些情啊爱啊让人听了脸红耳热之类的话。最后我一看时机成熟,就觍着脸对雪儿说,咱开个房间吧!

雪儿说,好啊!

我心花怒放。那一刻我才明白,墓地里我没有白练胆。我真是幸福死了!

进了房间,雪儿对我说,你先去冲个澡。我到吧台打个电话。给家里说一声今晚不回家了,好不好?

我说,好,太好了,你快去吧!

我马上剥葱一样脱光了自己,边洗边想,怪不得人家说妞好泡,关键得大胆,一点不假呀!

我把自己洗得干干净净,像刚刚出笼的馒头,边洗边唱,我总是心太软,心太软……

当我在床上躺好后,这时雪儿进来了。雪儿说,洗好了? 我说,好了,就专等你了。说着我就要上前抱雪儿。雪儿说,别慌,接着就对着门口喊,虎姐,进来吧!

门开了,我老婆站在门口。

雪儿说,虎姐,你交给我的任务完成了,我把他完璧归赵给你了。接着雪儿把手提包里的录音笔交给了老婆,说,虎姐,你老公给我的甜言蜜语我都还给你了!

那一刻,我是洋鬼子看戏——傻眼了。

雪儿过来在我额上亲了一口说,祝你做个好梦,花心大萝卜!

那一夜,我可有罪受了……

后来老婆别有用心问我,什么东西最不可信?

我说,是我,是我这个人！我知道自己只有这样回答,因为,咱的尾巴被人家紧紧地攥着呢！

给儿子买鱼吃

儿子最喜欢吃鱼,特别在上了幼儿园后,就更爱吃了,因为幼儿园的阿姨常交代他们要多吃鱼和蔬菜,说蔬菜富含维生素,多吃身体会健康,少生病,不会吃药和打针;鱼呢富含磷,多吃对大脑发育有好处,聪明。对蔬菜,儿子不是多喜欢;可是对鱼,儿子非常爱吃。我就常常买,为儿子呢！

可老婆最不喜欢吃鱼,不是不爱吃,而是因为鱼儿的腥味,再加上杀鱼时弄得到处血迹斑斑的,好几天散不去。我买鱼一般都是让卖鱼的给收拾好,到家用水一洗直接放锅里就得了。

前几天,儿子跟我赶集,在鱼摊前蹲住了,儿子被水中那些游动的鱼的优美姿态吸引住了。因为有好长时间儿子没吃鱼了,我早有买鱼的打算。那次的鱼我没让卖鱼的收拾,过了秤就和儿子用方便袋提着活鱼回家了。

那是几条草鱼,在水中优哉地游,它们根本没想到被我买了意味着什么。儿子每天放学回来就蹲在水盆前,看鱼。有一次,儿子仰着向日葵一样的脸蛋问我,爸爸,鱼儿为什么要在水中呢?

我告诉儿子:鱼儿是在水中生存的动物。就像人在空气中生活一样,水就是鱼的空气。鱼儿离了水就像人离了空气,是不行的。儿子似懂非懂地点了点头。

儿子接着说，爸爸，你看它们游得多欢啊，它们快乐吗？我说，快乐，不然他们就不会这么欢快地游。这么欢快地游就说明他们很高兴，很快乐！我绕口令似的说了这几句，其实是等于没说。儿子没注意到这些，只是把头趴向水面，把屁股撅得像要倒茶的壶。我问儿子，你在看啥？儿子说，爸爸，我在看鱼是怎么笑的。

我说，你看到了？儿子说看到了。儿子用手指着其中一条灰鳞的鱼儿说，爸爸，刚才就是这条鱼在一个劲地笑，它是被另一个伙伴挠的。我问，怎么挠的？儿子说，刚才那条鱼一个劲地用头撞灰鱼的胳肢窝。伙伴们一摸我的胳肢窝我就笑，这条鱼和我一样，也一个劲地笑。你看，它现在还笑呢！我说，我怎么没看到？儿子说，怎么会看不到呢？它正笑得快喘不过气呢！我问，你从什么地方看到的？儿子说，水泡泡啊。你没见灰鱼一个劲地吹泡泡，它那是笑得上气不接下气啊！

我被儿子的想象打动了。我说，是的，你说的灰鱼的胳肢窝在哪呢？儿子指着鱼的底下的鳍根处说，就在那儿。说着用手指了指自己的腋窝说，它那儿就和我的这儿一样，很怕挠的！

我说，是的，是的。儿子像想起啥似的说，爸爸，咱们还吃它们吗？

我说，你不是最爱吃鱼吗？

儿子说，不杀它们好不好？

我知道儿子又要撒娇忙说，好好好，爸爸听你的，不杀它们，给你养着，养得大大的。

儿子高兴地拍起手，说，爸爸真好，爸爸真好！说着在我脸上亲了一口，然后就和来喊他玩的伙伴们去疯了。

儿子走后妻子就吩咐,让我快点把鱼收拾了给儿子做鱼汤吃。妻子说,再养几天,鱼就会瘦得光是刺了,快点杀吧!我说我答应儿子不杀他们的。妻子说,真是死脑筋,下次再给他买就是。我一想妻子说得有道理,就照妻子说的做了!

鱼炖好了,满院的清香,我刚把鱼盛好放到桌子上,儿子满头大汗地进家了说,我饿死了,饿死了。儿子就忙端过盘子吃鱼,边吃边说,太好吃了!儿子看样子是饿急了,连手也没顾上洗,狼吞虎咽、风卷残云似的,不一会儿把一碗鱼和汤吃完了。他摸了摸像小西瓜一样的肚皮,然后像想起什么似的问:爸爸,我吃的是鱼吗?

我点了点头。儿子忙跑到水盆前一看,见里面空空的,哇的一声哭了。儿子说,你答应过我的,你不杀它们的!我说,你不是吃得很香很好吃吗?儿子点了点头,说,那你也不能说话不算数啊!

我正无话可说,妻子过来了。妻子说,爸爸买鱼就是给你吃的呀,你不吃鱼,你的营养就跟不上,你就成不了聪明的孩子。再说了,鱼生下来就是给人吃的,你就是把它养得再大也得吃啊!

儿子不解地问,鱼能不被人吃吗?

妻子说,不能,人就得吃它们。谁让它们吃不了人呢。吃不了人的东西都得被人吃掉。人吃了它们才能长大,才能强壮,才能聪明。就像你,你看你多聪明啊!

儿子自言自语,怎么会这样呢,怎么会这样的?

我知道儿子为什么这么说。我也知道妻子的话说得太残酷了。孩子还小,他承受不了这些的。我只好对儿子说:孩子,你还小,你长大就明白了。

儿子听到这儿叹了口气。我纳闷,问他小小年龄叹什么气,儿子说，我要是永远不长大多好啊。我问，为什么？儿子说，我就永远不会明白你们大人所说的话了！

儿子的话让我的心一抖，孩子啊，其实爸爸和你一样，也是永远不想长大的啊！

马县长送礼记

马千里县长刚回到家，夫人王素容就把一包东西提了出来说，都给你收拾好了。

马县长问，是不是四瓶茅台，两条中华？

王素容点了点头。

马县长说好，接着又吩咐王素容，你也收拾一下，跟我一块儿去！

王素容知道马千里是去送礼，就说，我去不太好吧？

马县长说，什么好不好的？又不是到外人家去！

王素容知道，千里这是去市委路书记那儿。

千里能顺利当上善县的县长，路书记没少做工作。可以这样说，没有市委路书记，也没有马千里的这个县长。王素容还常听千里说，路书记、千里，还有一个是黄山搞养殖的，在全省都很有名的。小时候，他们三人是一块光腚长大的，关系可铁了。

王素容和马县长上了车。马县长说，走吧。车子就飞驰起来。

王素容没有吭声。她知道从善县到市里有一个小时的路程。

趁这个空,正好养养神。

王素容清楚马千里所走的仕途。以他的能力,当个省长都绰绰有余,就因为一没银子二没后台,一直在原地踏步走。路书记从外面调来当市委书记后,经过多次考察,力排众议,把马千里从一个单位的局长提为了县委副书记,然后,通过人大选举,马千里成为了这届善县的县长。

吃水不忘挖井人,再过三天就是年了。到路书记家坐坐,这是人之常情。王素容知道,这四瓶茅台,两条中华烟是千里前两天专门让她买的,说是送给一个最最重要的人。虽然千里没明说,王素容也很清楚,这个最最重要的人就是路书记。

车吱的一声停下了。马县长说,到了。

王素容忙随着马千里下车,下了车的王素容傻眼了:这不是马千里的农村老家吗?

汽车停在一栋三层小楼的门前,从里面走出了一个细高挑的中年人。这人王素容认识,是马千里的童年好友,黄山。

马千里上前握住黄山的手说,黄二哥,我带着你弟妹来给你拜年了!说着,他让王素容把车上的包拿下来,并说,到年了,我给你拿了四瓶酒、两条烟。

黄山说,要是腐败来的,我不要。

马千里说,绝对是干净的,是你弟妹买的,不信,你问问她!

王素容说,二哥,是我亲自买的。

黄山说,马县长啊,你这个酒呢我要不收呢,就对不起弟妹的心意;我要收了呢,就得应下你。你说,我该怎么做呢?

马千里说,二哥,我这可是第五次来啊!刘备请孔明,才是三次呢!

黄山说,马县长啊,你这是非得让我接你的招啊!

马县长说，二哥，你想在你弟妹跟前丢我这个县长的脸吗？

黄山说，千里，我真服了你了。哎，我接下你的这个招。这个畜牧局长我干！

马千里说，二哥，太好了。但有一样，咱弟兄们丑话说在前头，五年之内，你得让咱县的养殖业的收入占咱全县财政收入的半壁江山。

黄山问了一下现在财政收入的数字，就不屑地说，到时候，养殖业的收入不是咱现在财政收入的十倍，我就不姓黄！

马千里问，你有把握吗？

黄山说，没有把握我能说这个大话吗？从你第一次对我说的时候，我就在动脑子考虑这事了，就是怎样尽快地把咱县变成一个走向国际市场的养殖专业县。你来前二十分钟，我刚在网上与日本、新加坡的两家食品公司签订了年销售肉羊三亿美元的合同。现在我已有了一整套的计划呢！

马千里说，看来，我的这个礼没有白送啊！

在回家的路上，王素容实在忍不住了，她觉得有必要提醒一下日理万机的马县长，就说，千里，人是不能忘本的。路书记那儿咱也该去坐坐了！

马千里说，咱不是刚刚去过吗？

王素容知道马县长迷糊了，就说，那不是路书记家，是黄山家。

马千里笑了说，是这样的，黄山二哥是咱全省跟国际市场接轨最有名的养殖大户。都是先接订单再养殖，挣的都是国际市场上的钱。我这次把黄山二哥聘为咱县的畜牧局的局长，就是让他为咱县的农业结构调整出把力，把咱县的畜牧养殖业打入国际市场呢！

这和路书记没关系啊。王素容说，我不明白。

马千里说，请黄山二哥出任局长，让咱善县的人民尽快地富裕起来，都过上小康日子，这就是我送给路书记的礼物啊！

黄局长脸上有个疤

包主编交给我一个任务，让我去善县采访一个叫黄山的局长。

今儿一大早，我就坐车去了善县。在车上，我看了一下黄山的资料：黄山和我同岁，在善县有口皆碑，虽然是善县财政局局长，可他廉洁奉公，是清官。我临上车时，包主编又叮嘱我："在如今这个年代，黄局长身为要害部门的负责人，常在水边走，就是不湿鞋，保持住了一个共产党人的高尚情操。到底是一种什么样的信念在支撑着他？你去把它找出来，写个深度报道，将会对我们的所有党员干部提供一个很好的借鉴和启示。你是咱报社笔杆子最硬的一个，也是最爱思考的一个，让你去是经过报社领导慎重研究决定的。可你也得有个思想准备，在你之前，咱们报社也前后采访过他几次，可都是一无所获，无功而返。黄局长曾经说过，他和你同过学。"说到这儿，主编顿了顿笑着说，"现在这社会什么最铁？同过窗的，扛过枪的。你和黄局长就是同过窗的，这也是为什么让你去的主要原因。"

听了主编的话，我脑子里马上开始了搜索，从小学到中学到大学，并没有一个同学叫黄山啊！这个黄山说是我的同学，到底是何许人也？听包主编的话音，这个黄山对我了解得很透彻，不像不是我的同学。我虽然知道包主编是在拍我的马屁，可见一见黄山局长的念头蛊惑着我上了车。我对包主编说："你放心吧，等着我凯旋吧！"

上午十点多，我推开了黄山局长的办公室。我的表哥李山在。我和李山虽有二十多年没见面了，但他脸上的疤让我一眼就把他认出来了。

我说："李山表哥，你怎么在这儿？你们的局长呢？"李山说："表弟，我就是这儿的局长。"我说："不对呀，这儿的局长叫黄山呀！"李山说："我就是黄山！"我问："你不是姓李吗？怎么又叫黄山了呢？"黄山说："表弟，在阁楼上学，我那时是住外婆门上，我是随母亲的姓。我其实姓黄。"黄山一说我就想起来了，黄山的外婆家是姓李，和我们家还是远亲呢！我恍然大悟："后来你参加工作，就又把姓改姓了黄。所以你不叫李山叫黄山了！"黄局长笑了笑问："利表弟，是不是你们包主编让你来的？"

我明白黄山为什么这么说，我也知道我不能回答他，只好岔开了话题说："你的脸也该去整整容了。一看见你的脸，我就很不好意思，我就很为我童年的冲动羞愧！"黄山用手摸着脸上的伤疤说："是不是你在我脸上种了'花'，你就不好意思？"我的脸红了，望着黄山脸上的疤说："当时，咱们都小，我是真不该拿着石头去砸你，让你脸上留了这么大的一个疤。"黄山说："其实也不怨你，谁让我小时候喜欢欺负人呢？那一次，我如果不堵在你家门口揍你，你也不会急，也不会拿着石头砸我，我也不会留下这个疤！"我就说："怨我，无论怎样，我也不该用石头砸你的。凑个时间，去整整吧，很方便的，又花不了多少钱。这样吧，你整容的钱我出，谁让我是你伤疤的制造者呢！"

黄局长又用手摸了摸脸上的疤说:"利表弟,我能走到今天,能从一个小通讯员干到善县的财政局局长,说实在的,我真得好好感谢你啊!"黄局长的这句话说得我丈二和尚摸不着头脑。我们俩有快二十年没见面了,怎么会与我有关呢?可今天黄山一没喝酒,二不是在睡觉,说得那么清醒,不像是酒话、梦话。我真有些莫名其妙,就问:"黄局长,你这话从何说起呢?"黄山用手指了指脸上的疤说:"我真得好好感谢我脸上的这个疤!"我就有些愣了,心想,你黄山从一个通讯员干到局长,难道是历任领导都觉得你脸上有朵"花"俊,好看?再怎么说,那也是疤痢脸啊!而且这和升职毫无关联呀!

黄山见我皱眉,笑了。他说:"我脸上的疤是欺负你留下的凭证。我每天都要洗三次脸,每次洗脸的时候,我都会照着镜子看着自己的疤问自己:你今天又欺负人了吗?"

我知道黄山想说什么了,就接过说:"党给了你岗位,你要好好工作,不能欺负;百姓为你种粮,你不能欺负;离退休的老人,他们勤勤恳恳一辈子,不能欺负;身边的每一个干部职工,都在扎实工作,不能欺负……"

黄山局长说:"是啊,我每次都问自己:今天该干的事你干完了吗?若没做完你那是欺负党了;该给百姓办的事你办了吗,如没办,你那是欺负老百姓了;有没有拿公家一分钱,若拿了,你那是欺负政府了;有没有收受一分钱的贿赂,若收了,你那是欺负自己的良心了;离退休老人你关心了吗?若没关心,你那是欺负长辈了;身边的每一个兢兢业业工作的同志的冷暖你过问了吗?若没过问,你那是欺负你的兄弟姐妹了!你只要欺负了人,人家就都会像你利表弟一样,举着石头来砸你。说起来,他们举起的石头比你利表弟童年举起的石头大啊!"

我说:"所以我劝你去整容,你不去,对吗?"

黄局长说:"不光你,很多人都劝我去整容,说我是局长,应该注重自己的形象,可我就是不愿去整,他们都不理解。我之所以这样做,让这朵花永远地开在我的脸上,实际上我是让这朵'花'时时刻刻提醒我:你今天又欺负人了吗?千万别好了伤疤就忘了疼了!"

"你不要说了,我知道你为什么是个好官的原因了!"我紧紧地握住黄山的手说,"谢谢你,包主编交给我的艰巨任务我现在心里已经有数了!"

我亲爱的朋友啊,摸摸你身上,假若你也有伤疤,你现在是否已经忘了疼?没事就勤看看自己的伤疤吧,它会告诉你,疼痛的滋味和成长的完美。

佳人同路

那时我骑车行在回家的路上。那时的太阳很温柔、暖暖的,极暧昧。我被阳光撩拨得非常痛苦,原因是:路上太静。在这春日的路上,我一人独行。

于是,我开始了胡思乱想,哲人似的,净思考一些关于人类及生命的非常博大精深的话题。我觉得生命的存在是场让人啼笑不得的闹剧。在这场闹剧中,我们都在竭力地掩饰着我们人类的劣性。在掩饰的过程中,我们就完成了生命,就像我现在回家。

一个人太多的思考对这个世界来说不能说是一件太幸福的

事,但起码让这个世界知道了我还在思考人的归宿、生存及灵魂。我想我的归宿就是脚下的这抔黄土,我的生存就是每天粗粮加细粮、蔬菜加淡水。灵魂是什么? 我在极力地回避这个东西。我发现灵魂就是风、就是花、就是禅、就是道。

我想:这个世界之所以很严肃,正因为有许许多多像我这样的人在思考。他们都在关心人类的皈依与家园,但唯一不关心的是他自己。他们正无家可归。

那时,太阳用佛样的光芒万丈的手抚摸着我,让我辉煌似佛。我理解他的苦心,他知道我的脆弱,他在安慰我。在那个时候,我的孤独似雨后的春笋。我渴望一个伴儿。

路上飘来一朵红云。

在拐弯处,我们走在了一起,就像两条小溪汇在一块儿。她骑着一辆红色的小车,黑发如瀑,飘逸在她身后,她骑得不急不躁,从从容容。我渐渐地和她并车而行,和她行着一个节奏。我转脸向她望去,她也瞅了我一眼,很有礼貌。

我想和她说句话,想了很久没想出一句很适当的话,最后只好问了她一句,回家?

她对我一笑,轻轻地点了点了头。她笑得很妩媚,很迷人。

我说,家在哪儿?

她说,前面。说完这句话的时候她又笑了一下说,马上就要到了。

我说,我的家也在前面,咱们同路。

她又笑了笑,笑得很严肃,一本正经的。

她问,你的家在哪? 我说在某某庄。她说她去过那个庄,挺大的,并告诉我,她有个亲戚在我们庄上,具体叫什么名字记不清了。

我们就谈了一些别的话题。在和她的谈话中,我才发觉自己是多么的深奥。我这时才明白了我的烦恼之所以那么肥沃,痛苦之所以那么丰富那是因为孤独的原因。

不知不觉,我的家已到了。我问那位姑娘,快到家了吗？她说,前面,马上就到了。

那位姑娘向我一笑又向前走去,还是我遇到时的样子,从从容容,不急不躁的。

我这时才发觉,这么一段路,我是在毫不知觉的情况下走过的。我猛然明白了,人为什么要寻伴,就是好快点回家。

后来,我就几乎天天走那条路,期待再遇到那位姑娘,在那样的下午回家。

可是一次也没遇上。我那时明白了:人和人的相识是缘。我和她的缘就只有那么一小段路。我想:无论这段路长短与否,我们都曾在一起回过家,这就够了。然后,它可以成为一段非常美丽的回忆,在某个大雪纷飞的日子,烘烤着取暖。

最恩爱的夫妻

有一天,一对各自都有情人的夫妻觉得再隐瞒对方真的对不起他们的婚姻了,当然,他们的岁数都已很大了,大到他们的鬓角都落满霜花了。

夫对妻说:老婆,真对不起。咱们结婚这么长时间,我一直在欺骗着你。

妻问：你欺骗我什么了？

夫说：我真该死，我外面有一个女人。

妻子问：是真的吗？

夫点了点头，点得很真诚。

妻沉思了一会儿，问：你爱她吗？

夫点了点头：爱，很爱。最后又加一句：像爱你一样爱她。

妻没有说啥，只是长叹一声：你能这么说，就不怨你。

夫说：你不怨我？

妻点了点头，然后又摇了摇头。看着丈夫的眼，妻想说什么。夫却低下头。

妻看夫内疚的样子，心里不忍，想：夫这么对我，我真不该再瞒着他了。再那样，真对不起丈夫的一片心了。

妻说：看着我。

夫抬起了头，看着妻。

妻低声说：我，我外面也有一个。

夫呆了。夫一脸愤怒，狠狠地看着妻。好一会儿，夫平静下来，问：你爱他吗？

妻点点头。

夫不知再说什么，就又问：他爱你吗？

妻又点头。

夫狠狠地用双手捶打着自己的头，叹了一声气。夫看着妻说：怎么会这样呢？

妻知道夫知道答案。妻想对夫说，但想了想，没有说。

夫看了看妻鬓角的霜发，唉了一声。

妻知道夫为什么唉。

夫用手把妻鬓前的白发给她捋到耳后，说：你看，咱们都老了。

妻点了点头。

夫又说：假如有来世，你还选我做你的男人吗？

妻想了想，点了点头。

夫说：如若有来世，我还是选择你做我的老婆。真的！

妻知道夫说的是真心话。

这时，他们看了看西边的太阳。

太阳很大，也很红，他们知道，太阳马上就要下山了。

夫和妻的眼里都开出了太阳，红红的，像血。

享　受

两个人相遇了。

一个是男人。另一个也是男人。

当然，一个是你，一个是我。

你很痛苦，脸上写满沧桑。你就问笑成弥陀佛的我。

你说：哥啊，你整天这么笑哈哈的，从没见你痛苦过，我不知道，你究竟有多少开心的事啊？

我笑着问：看你整天愁眉苦脸的，你到底有多少烦心的事啊？

你说：唉，从早上起来，一直到睡下，我都是在犯愁。你看，早上起来，我就愁着这一天怎么过。刚起来，一活动就得吃早饭，一口一口地吃，麻烦死了；吃了早饭就开始工作，天天这么干，这四个小时，漫长着呢！之后到了午饭，又得和昨天一样去吃，之后又得工作,唉,天天这样,我真是干够了!这样下去,什么时候是个头啊?

我点了点头,我明白你话里的意思。我心想,怪不得你满脸沧桑。你这样的心态和思维,不自杀,就已经是烧高香了。

你问我,你说,哥啊,你怎么就有这么多的开心事啊?

我知道,我得好好开导一下你了,就说:其实啊,老天对咱们都一样公平。你看,这一天都是 24 小时,咱们的时间都是一样的。

你点了点头。

我说:从早上起来,我就高兴,你看,新升的太阳多么美好啊。之后就开始吃早饭。我每天都是早上吃一个鸡蛋、一个馒头、一杯牛奶,想想咱们以前过的日子,那时候什么都没得吃,看看咱们现在吃的,哎呀,简直是神仙的生活啊!我吃馒头都是一点一点地品,越吃心里越感激。之后啊,我就去送孙子上学。孙子从刚会走就由我和老伴带着,你看,现在都上二年级了。这个小家伙越长越帅,成绩也是在班里数一数二的,哎呀,我看我的小孙子,心里美啊!还有啊,你看咱们这的街道,你看这环境,我是越看越觉得自己是生活在仙境里,三十年前,这些景象我是连想也不敢想啊!

你说,你怎么会这样?怎么这么容易满足啊?你难道没有看到这个世界上有很多的苦难和丑陋吗?

听了你的话,明白了,这是你的意识出了问题,心想:这些可都是很美好的事啊。你这么想,这说明你的思维出了问题。其实,处在这个时代,人啊,如果稍微把握不好自己,就容易剑走偏锋啊,就容易内心失衡啊。

我笑了。

是啊,不光我们,就是另一个世界,也不都是尽人心意的。有句话说得好,有人的地方就有江湖,有心的地方就有爱情。这话不假啊。

我对你说:假如一个人对生活都用谈恋爱的心情来面对,那么,你所经历的时时刻刻都是欢愉的,快乐的。反之,你就是天天娶老婆,也是痛苦的啊!

你给我深深鞠了一躬。你说,我知道你说的意思,我也想这么做,可我就是做不到啊。

我就纳闷了。我说:难道放开就那么艰难吗?

你叹了一声。

我说:为什么啊?

你看着我,用手梳了梳脸上的头发,然后正了正自己的衣襟,说:我可是副科级干部啊!

看着你那痛苦的样子,我点了点头。

你知道我明白了,说:你说,我能快乐吗?

我又点了点头。

你笑了。你说,你要是我,你也会和我一样痛苦的!

我想了想,说:也许吧。

你拍了拍我的肩,走了。

走的时候,我看到,路在疼。

狼皮与秀才

张秀才决定去找好友吴知县。

吴知县正在后堂和郑知府手谈。手谈就是下围棋。吴知县见张秀才大白天来了，很纳闷，就问："张君，今天怎么没去王员外家？"吴知县知道张秀才在给王员外的憨公子做先生，一般白天授课，是没时间来的。

张秀才说："吴知县，我是无事不登三宝殿，今天来，是想请吴知县给拿个主意。"

吴知县说："张君，在座的郑大人也不是外人，咱们俩从小在一块长大，又都同在一个先生的戒尺下学习，有什么事你就直说吧！"

张秀才说："我现在已到了赵员外家当先生。"吴知县一愣，问："赵员外家给的银两多？"

张秀才摇了摇头。郑知府说："那是待遇比王员外家的丰厚？"

张秀才说："也不比王员外家的丰厚。"

郑知府和吴知县就不明白了，张秀才说："说起王员外家，想必两位大人也都了解。王员外的公子别的毛病没有，就是脑子有问题。我这边教，他那边忘。再怎么教，也教不出什么名堂。我给王员外家当先生，实际上，我是在当保姆啊！可赵员外的公子冰雪聪明，教什么会什么，一个先生能教这样的学生那是造化啊!"

吴知县知道王员外的孩子有点心智不全,听张秀才这么说,就问:"你已决定去赵员外家了,还有什么需要我办的?"

张秀才说:"是这样的,赵员外的公子非常好学,我每天都要天不亮赶到,天很晚才回家。两头不见太阳的,有时都晚到深夜了。从赵员外家到我家要经过野狼坡,野狼坡上常有狼嗥。每当我从树林里走,狼就嗷嗷地嗥,叫得挺吓人的。我今天来找吴知县,是想请大人给我想个法子,就是让我从野狼坡走,狼不再向我嗥,不会找我的事。"

郑知府听了说:"我当是什么大不了的事呢,原来是这么小的事。这个事让吴大人告诉你怎么办吧!"

吴知县听了之后就去了内室,不一会儿,从里面捧出一件大衣,说:"张君,你只要穿了这件衣服,我保证你不会有事!"张秀才问:"真有这么灵?"吴知县说:"真有这么灵。"

张秀才半信半疑,郑大人说:"难道你连吴大人的话都信不过? 放心,保你没事的!"

过了半个月,张秀才又来到吴知县的府上。这次吴知县正在堂上批示着公文。张秀才见了吴知县说:"大人,你这个大衣真好,自从我穿上之后,狼不再向我示威了,也从没再听到过狼嗥。真是谢谢你了!"

吴知县说:"你我同窗多载,帮点小忙,不足挂齿。"

张秀才就问:"吴大人,你的这件大衣究竟是什么料子的?"

吴知县说:"是狼皮的。"

吴知县看到张秀才有点惊讶就说:"知道狼为什么不向你嗥了吗?"张秀才说不知道。吴知县说:"道理其实很简单,以前你身上散发着人味,自从你穿上我送给你的这件狼皮大衣后,你身上就散发着狼的味道了。狼认为你是同类,就不会对你怎么样了。"

张秀才这才恍然大悟,从那之后,张秀才就穿着狼皮大衣了。

后来张秀才还是出事了。当然,这是两年后的事了。那是冬日的一个夜晚,下着雪。张秀才本不打算回家的。可不知为什么,张秀才还是回了。走到野狼坡时,没想到狼又嗥了。嗥得很凄惨,很暴躁。张秀才觉得头皮发炸,于是就加快了脚步。可没想到,狼从背后扑上来了,一口咬住了张秀才的胳膊,张秀才就跑,没命地跑。结果,命是保住了,可一条胳膊却永远丢在了狼嘴里。

胳膊的伤结疤后,张秀才就去找吴知县,问:"狼怎么会突然想起吃我呢?"

吴知县也想不明白,张秀才可是穿了我的狼皮大衣,也算是披了狼皮呀!

后来吴知县明白了,当然明白这事已是次年秋天的事了。那时,吴知县因为遭到郑知府的陷害而被流放到沧州服刑。路过野狼坡,张秀才提着酒来给吴知县饯行。吴知县喝着酒,两眼就定定地望着张秀才空空的袖管。

吴知县说:"张君,我明白了,我明白了!"

张秀才问:"大人,你明白什么了?"

吴知县说:"明白你已经披了狼皮,狼为什么还要吃你。"

张秀才问:"大人,到底为什么?"

吴知县说:"因为狼是野兽啊!"说完,吴知县哈哈大笑起来。

高局长的手段

由善县纪委牵头，县检察院、反贪局、审计局等部门组成的联合检查组今天上午对善县文化局进行了突击检查。检查组只检查了一上午，就查出了很多方面的问题。特别是财务上，问题非常严重。为此，前任文化局王局长被纪委开了"小灶"，请了进去。

这是高天生局长来文化局上任不到十天就遇上的事。检查组前脚刚走，高天生局长后脚就召开了局全体人员会议。这次会议高局长开得义愤填膺。高局长说："你们谁写的举报信，你们都比我清楚。别觉得做得隐秘，我不知道，我其实什么都清楚的。咱们局事多，财务混乱，这个不假，我不是推行一套新的财务办法了吗？虽然在表决时大家没有通过，但咱现在不是已经着手在做了吗？俗语说，家丑不可外扬。咱们文化局内部的事，为什么要向上举报呢？这只能说明个别人别有用心。"

高局长接着说："我和前任王局长在乡镇搭班子时就是好搭档。我们也拍过桌子，也骂过娘，可我们是工作上的矛盾，私下里我们还是好朋友。我这次来文化局，来接王局长的班，可有人就故意趁这个空，使出了这等卑劣的手段，来制造我和王局长的矛盾，可见其人之险恶，其心之歹毒。"

高局长继续说："别觉得把举报信用电脑打印就不知笔迹了，我很清楚，写这封信的人就在咱们这些人中间。"说到这儿，高局长喝了一口水润了润嗓子，"这封信上还列举了很多，很多都是属于领导层知道的东西，一般的工作人员是无法知道的，这说明什么，大家都是明白人，我也不说白了。"说到这儿，高局长叹了一声气，"我真为咱们局的中层干部担心啊！"说完，高局长用眼角扫了一下会场里的人，特别那几个副局长，时间停留的稍长一些。那几个副局长心里有鬼似的，不敢迎接高局长的目光。

回到办公室，高局长回味着刚才在会上的言行，很满意。因为他把他想表达和传达的东西都让局里的人知道了，他也明白，很多人要坐不住了。好戏就要开场了。

果然，分管业务的巴副局长来了。巴副局长先汇报了业务上的事，接着讨好地说："高局长，你明白咱们文化局里的事为什么这么难办了吗？就是有这些小人在里面搅和呢！我虽然和王局长有矛盾，开会的时候我们也拍过桌子，在一块喝酒也掀过桌子，但我是有话当面说，决不会使这些下三烂的手段的！"

高局长很耐心地听，等巴副局长说完了，才说："我在没来文化局之前，就知道你巴局长人品正，性格直，我相信你，这信不是你写的！"

巴副局长听了高局长的话说："谢谢高局长的信任！"然后，他如释重负地走了。

接着进门的是分管行政的鹿副局长。鹿副局长很有眼色，进门后看到高局长桌上的茶杯里的水少了，就忙给续上，然后毕恭毕敬地坐到了高局长的对面说："高局长，你推行的那套财务制度我是赞成的，为什么在表决的时候我投了反对票呢？说实在的，那是巴副局长的事。巴副局长说了，他要我们都不能赞成。唉，我当时是信了他的话，现在想来，真不该啊！还有这个举报信，谁这么缺德啊！"

高局长不说话,光喝茶,光听。等鹿副局长说完了,高局长说:"我在没来文化局之前,就知道你鹿局长人品正,性格直,我相信你,这信不是你写的!"

鹿副局长听了高高兴兴地走了。

接着又进来的是分管文化市场的张副局长。张副局长开门见山地说:"高局长,你来这推行的那一套财务管理制度,我不赞同。现在不赞同,以后还是不赞同。关键是,这套制度有领导集权、专制的嫌疑。只要是不站在局的整体立场上考虑问题的做法,我是都不会同意的。举报信的事,不是我写的,我还没有下作到那个地步!"

高局长听后说:"我在没来文化局之前,就知道你张局长人品正,性格直,我相信你,这信不是你写的!"

张副局长走了,接着又进来了纪委书记、监察室主任、各科室的科长……所来之人,无非都是来向高局长来汇报工作,顺便再表白:举报信不是我写的。

所来之人,高局长都是那一句话:我在没来文化局之前就知道你人品正,性格直,我相信你,举报信不是你写的。

等人都来过之后,高局长就在心里笑了两声,哼,哼,都说文化局里的人道道多,会曲里拐弯,我这一招不光把我的死对头王局长送了进去,还对全局人的底摸了个遍。下一步干什么? 对了,明天再开会表决通过我的新财务制度。

不用开会高局长就知道:明天一定会是全票通过!

米乡长露出满意的笑容

　　鱼沟乡的米于乡长走进乡党委办公室的时候见乡党政办的王乐主任正趴在办公桌上写着什么。米乡长说，王主任，你到我办公室来一趟。说完，他就回办公室去了。

　　王主任忙放下笔往米乡长办公室走去，米乡长是今年从县里过来的。米乡长说，王主任，你看，马上就要过年了，有些关系咱们得走动走动。你是咱乡党政办公室的主任，我让你到我办公室来，就是商量咱们怎样办好。

　　王主任说，米乡长，这事这段时间我就在考虑了：是送物品呢，还是送钱呢？我一直没考虑好。

　　米乡长问，我是新来的，有些事不明白。对了，你们以前怎么做的？

　　王主任说，去年送的购物券，前年是送的工艺品，大前年是送的土产品。

　　米乡长问，你觉得今年送什么好呢？

　　王主任没有说，只是用眼看着米乡长。

　　米乡长说，你说，王主任，咱这不是商量吗！

　　王主任说，米乡长，这个事你们领导得先拿个意见，我再在你们意见的基础上考虑好不好？

　　米乡长说，郝书记临出发前对咱们要送的礼品定下了四条原则：一是要让收礼的一定收下。二要让收礼的高兴。三要让收礼的忘不了我们。最后还有最重要的一条,得让收礼的家属说咱送得好!

王主任说,有这四条,那难度就大了。

米乡长,再难,还能难倒你这个老乡镇!

王主任点起了一支烟,把眉头皱得都能拧出水来,接着说,那咱送名人字画?

米乡长问,一副名人字画多少钱?

王主任说,就说咱们这儿的吧,省级书协美协的一个平方尺也得个百儿八十的,国家级的得最少二百。当然,咱要得多,价钱可以给他们压压!再压一个四尺整张的也得五六百块钱。要是外面的大书画家的作品,价钱是这个的好几倍。看样子两千三千的不止。

米乡长说,就咱们这个地方的书画家,他们的作品还能当礼品送人?你那不是寒碜咱们县的领导吗?给他们送东西,要送就得送大家们的书画。你想想,现在一个大家的书画作品哪个能少了万儿八千块?再说了,咱们乡是贫困乡,到现在,咱们乡还有一半人没解决温饱呢。咱郝书记说了,一个领导也不要多,就一千块钱的数,不能超!

王主任说,那送什么好呢?

米乡长说,你是老办公室主任了,又是这个地方的老坐地户,你再好好想想!

王主任说,对了,米乡长,你也知道,咱们乡里李七的驴肉不错,在咱全县都是出了名的。不然,就一人给送十斤驴肉,怎么样?

米乡长说,老王,你知道不知道,驴肉还叫什么肉?

王主任说,叫鬼肉!

米乡长说，你明明知道驴肉叫鬼肉，你赶大过年的给领导送鬼肉，犯不犯忌？再说了，咱们要送的领导又不是一个两个，你那不得用一个车队拉着满县城里送啊，这样多不好看！

王主任点了点头说，这样的确是不雅观！

米乡长说，就是啊，影响多不好！

王主任有点黔驴技穷了，说，那，那咱送啥好？

米乡长说，现在考验你这个办公室主任合格不合格的时候到了，你好好地想想，使劲地给我想！我想了这几天，也没有一个好方案！这不，郝书记下午还等着我这个方案呢！

王主任说，米乡长，不行，咱就送红包吧，这多实在，又不显山不露水的！

米乡长说，现在纪委抓得这么紧，你这不是硬拿着头往枪口上撞吗？你想想，送钱，谁敢收？

王主任说，你千万别把领导们的素质想得太低了，也千万也别估计得太高了。

米乡长说，冒险的事我们千万不要做，考虑事情呢要多为领导想想，老王啊，领导们一步一步走到今天容易吗？千万不要因为我们送的这仨瓜俩枣而毁了他们的政治前途啊！

王主任说，米乡长你说得太对了，现在像你这样设身处地为别人着想的领导太少了。我不是说，咱们乡要是多有你这样的几个领导，咱们乡的贫困帽子早就摘掉了！

米乡长长叹一声说，唉，我这样的也不好，干什么事总是为别人着想，不为自己考虑。再说了，谁让我是乡长呢，是乡长就不能为自己着想，就该为别人着想，这样，大家伙才会赞成你，你说对不，老王？

王主任说，对，米乡长，你说得太对了。

米乡长说，就说你老王吧，我刚来时见你每天早上来上班的时候愁眉苦脸的，后来打听才知道，你在夫妻生活上有不如意的地方，知道后，我不是从我老婆开的保健药品店里给你拿了那个叫"战神"的药，你看看你现在……

王主任说，米乡长，那个药真行，自从我吃了你给我拿的"战神"后，我的确成了能打硬仗的好干部，以前我们完事后老婆只给我后背，自从吃了你给的那个药，老婆每次都抱着我不舍得分开呢！

你知道那个药多少钱一盒吗？一百多块呢！

王主任说，你看，你给我拿来的这几盒都没要钱，你让我说什么好呢！

看到王主任那个样子，米乡长心里不由得一阵得意。他明白，那个药进价才二十，他是故意多说的，好让王主任欠他的情，听他的话。

米乡长说，咱们是谁跟谁，你在我跟前当兵，你的生活不如意，我是有责任的。你之所以夫妻生活不如意，还不是工作压力大？作为你的领导，我不为你着想为谁着想？

王主任说，我真是太感谢你了米乡长。你说咱们县里的这些领导，家里吃的肯定不缺，喝的也不缺，钱呢我想也不会缺。

米乡长说，你分析得不错，再接着分析。

王主任说，咱们呢一定要设身处地地为领导着想，试想一下，作为我当个办公室主任都有负担都有压力，领导的压力肯定要比我大，身上的负担一大，在夫妻生活上一定不会多和谐，也就是说，他们的夫妻生活有很多人都不如意。

米乡长说，你分析得对，接着说。

王主任说，我敢说，是领导，有一多半的在夫妻生活上不尽如人意。当然我说的是为人民谋幸福的好领导,一心扑在工作上的好领导。他们光为我们着想了,就相应地忽略了自己的需求。

米乡长点了点头说,嗯,精辟!

王主任说,再说了,领导也是人嘛,也有七情六欲嘛!领导忽略了咱们可不能忽略,领导为我们着想,我们就要为领导着想!

米乡长说,对,太对了!

王主任说,米乡长,我看,咱们的礼物可以定了!

米乡长问,你说送什么?

王主任说,就送"战神"!

米乡长说,送"战神"?

王主任说,送"战神",第一不存在送礼的嫌疑,第二领导们收得还都高兴,哪个领导能保证自己行?还有领导一吃药的时候就会想起我们,他的快乐是我们送的啊。还有最主要的一条,领导一行了,领导的家属还能不满意?那还不得一个劲地夸我们会办事?

米乡长激动得一拍桌子说,是啊,你说的正好全符合郝书记说的那四条!好,咱就这么办,你赶紧打个报告,我给你批。对了,我给我家你嫂子打个电话,店里的"战神"看样子不多了,我还得让她赶快多进点。

王主任说,好!

米乡长接着就给老婆打电话,放下电话后对王主任说,就这样定了,你嫂子马上就要准备好了,你下午去店里拿药,我们晚上去活动!

王主任说,好!我现在就按你安排的去办!

米乡长说,哪能是我安排的,这是你们办公室的工作,我只是在帮你们!

王主任猛然明白了米乡长话里的意思,忙说,对,对！多谢米乡长的关心我们办公室的工作,我这就去办！

看着王主任的背影,米乡长脸上露出了满意的笑容。

马县长索贿

马千里县长来到家刚端起茶杯喝了一口水,门就被敲响了,夫人王素容从门上的"猫眼"向外一看,就对马千里说:是寰宇化工集团的董事长张向上。

马千里一听忙放下茶杯说,我正有事要找他呢,快开门！

王素容开了门,就见一个"皮球"滚了进来。马千里忙对"皮球"伸出手说,张董事长,请坐请坐！

"皮球"坐下了,用眼扫了一眼马县长的家说,我的大县长,你这个房子是什么年代建造的？别是清朝建的吧？

马千里说,这是二十世纪八十年代初期建的,七十八平方米,在那个年代,这三室一厅可是连市委书记都享受不到的啊！我那时因为是农业技术方面的专家,才破例享受到的。

王素容说,都什么年代的事了,你还搬着老皇历不放！

张董事长说,不怨嫂子有意见,你现在也不看看,一般的小职员的房子也比你这个大县长宽敞,咱们县的哪个局长不都是小别墅,最差的也是四室两厅呀！我们的大县长,你住这个房子,是在给我们善县人民丢脸呢！你想过吗？到你家来的朋友一看你县长住得这样,人家会怎么想？

王素容说，正因为如此，我们都不敢邀朋友到家里来。

张董事长说，就是呀，马县长啊，你住好了，我们全善县的人民心里才好受啊！以前我听别人说还不相信，今天是真正见识了。我的马县长，咱善县开发了这么多房子，为什么不置一套呢？

马县长笑着说，我的大董事长，我也知道我住的地方寒碜，我也知道住别墅好，宽敞明亮，不是我腰里缺"硬货"吗？

张董事长说，马县长，我们寰宇集团是在你的一手扶持下建起来的，为了我们集团，你可是没少费了心，从征地到奠基，从产品的开发到市场的开拓，我们集团一步步地发展和壮大可都是在你马县长的操劳下才取得的啊，我们心里有数啊！说到这儿，张董事长动了感情，眼里就见有莹莹的泪在开花。

马县长说，张董事长，你别这样说，咱们县任何一个企业我都会这样做的，扶持好企业，这是我的工作，再说了，你们企业的效益好了，咱们县的税收就会有保障，我们县的各项事业就能得到正常发展，说到底，我应该感谢你们啊！

张董事长说，马县长，你今天到我们集团去，你说让我捐20万给山区的孩子盖学校，我们集团这段时间用钱的项目多，我没答应你，你可别生气啊！

那生什么气，我只是想替山区的孩子捐点款，你给是人情，不给是本分。再说了，你们每年对教育和社会各方面的捐助也是不少，我到你们集团去也是抱着有枣没枣打一竿子的心情。马县长说到这儿，给张董事长续了一杯茶。

张董事长说，谢谢你对我们企业的理解。说实在的，现在企业的日子也不好过，也是一分钱掰十瓣啊！

马县长说，是啊是啊。

张董事长说，不论怎样，你马县长对我们寰宇的帮助我们是无论如何也不会忘记的,我们在开董事会的时候常说,谁在我们困难的时候帮过我们,我们就要报答谁。马县长,我们董事会决定拿出四十万,来给你买一套住房!

马县长说,那就谢谢你了。说实在的,我帮你们,那是我的工作啊!

你不帮我们也是你的工作啊!你帮了我们,我们就不会忘了你的。张董事长说着从口袋里拿出一张现金支票说,马县长,这是我们的一点心意啊!

马县长拿起一看说,哎呀,太多了,三十万就够了。

张董事长说,不多不多,你还得装修呢。

马县长说,哎呀,你张董事长可帮了我的大忙了。那我就谢谢你了!

张董事长说,谢什么,这是我应该做的。

马县长问,张董事长,你还有我需要帮什么的事吗?

张董事长说,没有了。哦,对了,咱县这次不是要开人代会吗?听说要增加两个副县长。

马县长说,是有这么回事,常委会上已经说这个事了。

张董事长说,马县长,你看我是否能进入这个圈子呢?

马县长知道张董事长为什么给他送这四十万了,就说:这个事说容易也易,说不容易也不易啊!

张董事长说,那这事就劳马县长费心了。

马县长说,咱们之间再说这话不就见外了吗,放心吧,我会尽最大努力的!

张董事长听马县长这么说,脸上泛出向日葵般的笑容,接着就离开了!

王素容从里间走了出来说,万里,这个钱可是买官的钱啊!

马县长一笑说，反正是不义之财，是不义之财我们都要收，都要用！

王素容说，你难道不怕？

马县长说，怕，我很怕，可我还得收，不然，就没机会了！

善县的人代会开过了，在这次副县长的选举中，张董事长没有选上。第二天，市纪委就接到了一封举报马千里县长的信，举报他在这次的副县长的选举中收受寰宇集团的四十万的贿赂。市纪委书记当天赶到了善县召见了马千里。在市纪委书记跟前，马千里对自己的受贿行为供认不讳。市纪委书记问马千里为什么？马千里回答得很干脆，不为什么，就为了想收这个钱。

市纪委书记说，你把赃款交出来吧。马千里说，我花了，花光了。市纪委书记说不可能，四十万呢，不是个小数。一下子花不了。马千里说，你如果真的想知道这笔钱的下落，那就跟我去吧！

市纪委书记就跟着马千里来到了山里。那是一个很贫困的山乡，在一个宽敞的山坡上，几十口子人正在紧张地施工。大家看到马千里，都跑过来热情地打招呼。马千里问，什么时候能完工？带队的说不超过半个月。带队的向马千里保证说，马县长，你放心吧，一开学孩子们就能坐到新教室里。这多亏了你给我们送来的那四十万块钱啊！不然，这座学校哪能盖得这么快呀！不然，我们的孩子还得在黑暗的危房里上学呢！马县长，我们都商量好了，这座学校我们就用你的名字来命名，我们要让世代的孩子们记住，是你让他们有学上的，有书读的……

在回去的路上，市纪委书记问马千里，你为什么不早向组织说呢？马千里淡淡一笑说，我管辖的地方还有孩子在危房里上课，我寝食难安啊！可县财政太困难了，就是拿不出这部分钱。我多次到县里的几个大企业里去协调，可一分钱也没协调出来。

没办法,我只好走这一步了。

市纪委书记说,千里啊,你让我说你什么好呢? 党纪国法可是无情的啊!

马千里说,我也知道这样做的后果,可有一样,我能心安了,我的觉能睡安稳了! 我能对得起我自己的良心了! 而此时,他们的车子已来到市纪委门口了。

古　槐

一说古槐,那就是很上岁数的树了。究竟有多大岁数,谁也说不清。闵楼村岁数最长的闵继和说,很久很久以前,闵楼村的闵姓的老祖宗从曲阜那儿到南边逃荒,走着走着遇到了大雨,当时前不着村,后不着店,一片空茫。那是六月,六月的雨急,能激死人。他们忽然看到前方有一个屋一样的东西,在放着光。那时的云彩很厚,天色很暗,光很吸引人。那对夫妇慌慌忙忙地跑过去,方知是树,是槐树,是两个人都抱不过来的老槐树。树虽老,但叶很嫩,很密,伞似的。雨下了半天,都成河了,树才湿了皮。后来这对夫妇就在树的一旁安家了。

很多年了,老槐树历经雷劈电击,树干早已不成形状,但树冠依然郁郁葱葱,青翠欲滴。老槐树的芽发得特别早,冬天还很冷时,芽儿就绽出了,嫩嫩的,很坚强,比普通的槐树早发芽一个多月。到了秋天,树木们都落叶了,老槐树还是叶脆似玉,生机勃勃。最奇的是叶子,老槐树的叶子肥嫩厚大,比一般的槐树叶大一倍厚一倍。最叫绝是老槐树的叶儿相撞的声音，如铜的声响，似银的韵律，音质浑实，很是诱人。听着这声音，大伙就感觉血热了，气盛了，烦恼和忧愁就淡了。

村里的人都说，老槐树有灵。有灵得从 1928 年说起，那年发大水，村子陷在一片汪洋里。村子里的人都爬上了老槐树，水一个劲地涨，渐渐地屋顶没了，树梢没了，但就是淹没不了老槐树。树上的人都感觉水涨得多快，树就长多快。四周都是浑浊的河水，唯有老槐树像水面上的一座孤岛。那场大水淹死了很多人，但爬在老槐树上的人都安然无恙。

凭空掉下一个灾难的日子，日本鬼子来了。那天天刚麻麻亮，鬼子便把村子围住了，围得很结实，桶似的。村民们就聚到了老槐树下。大伙背靠老槐树，就都感觉有了胆量，村民们瞪着双眼，看着涌过来的日本兵。

一个骑着高头大马的日本军官挥动着指挥刀，在早晨的阳光下，东洋刀明晃晃的，耀着眼，日本军官挥动着刀大喊一声，随即有两个小鬼子趴在地上架起了机关枪。枪口很黑，很大，很准地对着老槐树。骑马的军官又挥起刀，看样子要喊"预备，放！"之类的话，这当儿，老族长闵广盘走了出来。老族长走出来的时候很坦然，他冲着日本军官挥舞起了拐杖。拐杖是一个颇像龙头的树根做的，很庄严很凝重，也很结实。老族长挥舞着拐杖说话，拐杖挥舞得很霸道，话说得也很硬。

日本军官对这个毫无惧色的老头甚是惊奇，唤出翻译官问老人在说啥？翻译官说：老头说我们不能杀他们。日本军官问，为什么？翻译官说，老头说他们是这棵老槐树的子孙，你伤害了他们老槐树是不会放过我们的。日本军官听了笑了，笑得很傲，也很轻蔑。但等他移目仔细看老槐树时，笑才止住了。老槐树这时晃动了一下，晃得不是多厉害，但日本军官感觉到了，他晃了晃自己的军刀，而此时，刀已没有光了，日本军官这时才发现自己不知怎么站到了老槐树的阴影里。他忙打马离开了老槐树的阴影，把暗淡的军刀纳入刀鞘。然后他跳下马，开始围着老槐树转。他转得很小心，两眼直直地看着树干和树冠，第一圈转得很慢。等到他转回起点时，脸上的杀气淡了，接着他又转第二圈。这时一点风也没有，老槐树的树冠就开始动了，日本军官看了看远处的树，远处的树笔直地插入天空。日本军官开始皱起了眉头，他又定定地望着老槐树，老槐树还是那样不卑不亢，叶子片片如玉，被阳光一照发出万道光芒。日本军官开始擦他的眼镜，他擦得很慌，由于手抖，眼镜掉了下来，摔在了地上，镜片碎了，碎成了一朵花。日本军官拾了起来，想扔，想了想，又看了看树，把眼镜放入了口袋，日本军官开始转第三圈。第三圈他转得很快，接着他就上了马，然后手一挥，只见鬼子们忙收拾起机关枪，跟着他慌慌地走了。

大伙就给老族长磕头，说是老族长救了他们，老族长问，我刚才干什么了？大伙说，是你救了我们。老族长问，是吗？大伙说，是的，不然鬼子不会吓跑了。老族长问，我刚才都做了什么了？大伙问，你忘了？老族长说，我没有忘，只是有点记不清楚了。

其实，老族长很清楚。老族长很清楚谁救了他们。老族长对着老槐树跪下了。大伙都不解。老族长说，你们都跪下，其实真正救你们的，是咱们的老槐树啊！

老槐树下跪下了一片人。老槐树的叶子此时发出了悦耳的声响，仿佛是说，起来吧，起来吧！

活　镖

一柄剑在前方如血的残阳里绽着寒光。

迎风招展的威远镖局的"金镖旗"晃了一下。江湖上人称"玉衣金扇"的黄龙风总镖头把手一挥,镖队停下了。

黄龙风下马上前,双手抱拳道,在下威远镖局的黄龙风,向兄台讨个方便,请兄台留下名号,镖清了一定登门叩谢!

那柄在路中闪着寒光的剑是握在一皂衣人手中的。皂衣人背对黄龙风说,黄镖头,我只想问一下,你所押的囚车可是你的镖?

黄龙风说,正是!

囚车里押着的可是天下第一恶人笑透天?

正是!

黄镖头,你不该走这趟镖!

是!

可你又必须走这趟镖。因为你是威远镖局的黄龙风!

是!

官府不敢押解的要犯,官府就在善州摆设擂台,谁赢了谁就获得金镖旗,谁就负责把罪犯押解进京。

是!

可笑透天是在二十八年前杀你一家三十八口,与你不共戴天的仇人?

黄龙风又好像回到二十八年前那个血雨腥风的日子。当时他和义弟公车及哥哥等人在一起捉迷藏,他和义弟刚藏好,笑透天就进家了。笑透天进家后见人就杀,不留一个活口。哥哥姐姐等人都被杀死了,他和义弟因捉迷藏躲过此劫。但笑透天那狂傲的笑声他一辈子也忘不了。

　　皂衣人说,黄镖头,你为什么不报仇?

　　黄龙风叹了一口气,望了一眼金镖旗说,现在还不是时候。

　　皂衣人说,过了这野狼坡,前方就是京城了,不然你就没有机会了。

　　黄龙风说,那是我的事!

　　皂衣人说,我现在就要手刃此贼!

　　黄龙风说,从善州至此,你知道我一路杀了多少劫镖的吗?

　　皂衣人说,我知道,你一共杀了九十九个。

　　黄龙风说,你在跟踪我?

　　皂衣人说,从你出善州的那天,我就跟着你了。我知道这一路上定有人能手刃此贼,可我没想到,没有人能躲开你的"夺命三扇"。我太小看你了!

　　黄龙风说,我只希望在镖车平安地交给刑部寻超寻大人之前,你不要做第一百个!

　　皂衣人说,你难道不知道,笑透天只要进了刑部,你就没有机会了吗?

　　黄龙风说,我知道,但这是我的事!

　　皂衣人看了看剑,然后把剑缓缓地举起说,看来,只有用我的剑来了断。

　　黄龙风说,我答应你,我一定手刃此贼!

　　皂衣人说,我现在就要此贼死在我的剑下!

　　黄龙风说,他是我的镖。如果你要杀他,那你除非从我身上踏过去！

皂衣人说，好，你出招吧！

黄龙风说，别逼我动手！

皂衣人横剑当胸说，你出招吧！

黄龙风从背后抽出夺命金扇。皂衣人先发制人，寒剑挽了个剑花直奔黄龙风的咽喉。黄龙风举扇叩开，金扇游刃而上，直击对方双目。寒剑左右开弓敲开金扇，皂衣人身随剑走，剑利影疾，枯藤盘枝一样围住黄龙风。两人斗了一百个回合后，皂衣人越战越勇，且招招毒辣。黄龙风明白，要想速战速决，看来只有用他的"临渊三扇"了。想到这儿他纵身一跃，抖开了金扇。江湖上谁人不晓，金扇一开，鬼泣神哭。只见黄龙风一摆身形，身似蛟龙，"玉树临风""玉树琼枝""玉衣人来"三招滚滚而来，招招都暗藏玄机。皂衣人躲过前两招，想躲第三招时，没有躲开，被黄龙风一扇击中丹田，皂衣人如一只断线的风筝飞出三丈开外。黄龙风忙飞身上去，从怀里掏出一红色药丸塞入皂衣人口中。

皂衣人眼里流出了泪，黄龙风的泪也稠稠地流了下来。黄龙风抱起皂衣人说，义弟，你为何苦苦逼我呢？

皂衣人拉下了面纱。皂衣人说，师兄，你一定要报仇啊！

黄龙风说，我答应你。

皂衣人闭上了双目。

黄龙风埋葬了义弟。黄龙风来到笑透天的身旁说，我一定让你死在我的扇下。

笑透天哈哈大笑。他说，你杀不了我的，你永远也杀不了我的！

镖队来到京城刑部已是第二天的下午。黄龙风先给刑部尚书寻超寻大人交了镖，接着又来到关押笑透天的牢房。看到黄龙风，笑透天哈哈大笑。

黄龙风说,你听着,在你行刑的那天,我一定让你死在我的扇下!

笑透天眼里满是不屑。他说,你杀不了我的,你永远也杀不了我的!

黄龙风说,我一定让你死在我的扇下!

笑透天笑得更狂了,笑得牢房的房顶都在抖!

笑透天罪行滔天。刑部寻超寻大人接手后审理得异常快捷。笑透天自出道以来,杀人无数,光朝廷大臣就有近百名,二品以上的就有十来个,这其中包括黄龙风的父亲吏部尚书黄大人。另有江湖上八大帮十大门派的五百余人,惨遭其毒手,真可谓杀人如麻,罄竹难书。不杀他不足以平民愤,不杀他不足以慰天地!

开刀问斩笑透天是在七日之后的午门外。这天京城万人空巷。监斩笑透天的是刑部尚书寻超寻大人。

午时三刻,催魂炮响了一声,黄龙风踏着人头跃上了法场。法场上一阵骚动。黄龙风一袭白衣,飘在了寻超大人的面前。寻大人双目凝视着黄龙风问,黄镖头,你想劫法场吗?

黄龙风双手抱拳道,寻大人,小人有一个不情之请,就是让我来手刃此贼,以慰天下惨死于此贼剑下的英灵!

寻大人沉思片晌说,好吧,那就由你来行刑吧!

黄龙风来到笑透天的跟前,笑透天看着黄龙风哈哈大笑。笑透天说,二十年后,老子又是一条好汉!说这句话的时候,黄龙风闻到了一股尿臊味,一条小溪正从笑透天的脚下流出。笑透天虽然在笑,但他的眼神很慌很怕,眼神很散很虚。

黄龙风看看此贼,又看看寻大人,他明白,他只有这样做了。他大喝一声,恶贼,拿命来!只见金扇一闪,一腔红血喷洒而出,笑透天的人头滚落于地。

当天下午,天衣无缝颤九北的门前来了一个人。躺在床上的颤九北说,来了就请进吧。你要是再不来,我可没耐心等了。

黄龙风忙到了颤九北床前。颤九北的全身经脉寸段,只有胸口还在跳动。

黄龙风问,谁向你施的毒手?

颤九北笑了一声说,你是不是想问今天死在你扇下的人是不是笑透天?

黄龙风说,是。

颤九北问,你为何想起了我?

黄龙风说,谁不知你是天下第一易容高手,能在七日之内给人易容且刀口完好如初的普天下只有你天衣无缝颤九北了。

颤九北问,你是从什么地方发现破绽的?

黄龙风说,从他的眼神上。

颤九北说,我现在的时间已不多了,你快点去刑部尚书寻超寻大人的府上,那儿有你要找的人。

黄龙风说,老前辈,你呢?

颤九北说,他们想杀人灭口,多亏了我的"闭脉大法",使他们认为我已死去,我才得以逃了出来。我知道你一定会来找我的,所以就在此久等。我已中了"丹青掌",还喝了他们的"夺魂劫魄液"。你快点去吧!颤九北一口气说完,便泻了真气。就听身上各处经脉乒乓爆响,黄龙风忙提气运功,颤九北睁开了双眼摇了摇头说,不要再浪费时间了,你快点去吧!说完颤九北自断经脉。黄龙风再拭鼻息,颤九北已魂归九天。黄龙风双膝跪地,重重地磕了一个头。

寻超寻大人的府邸黄龙风小时候来过,当时随父亲来的,所以对黄龙风来说不陌生。黄龙风一身皂衣打扮,登墙穿壁,不一会儿就找到了寻超的书房。寻超正和一红衣人对饮。

红衣人问,今日法场之上,黄龙风可否发现破绽?

寻超说，没有。如果黄龙风发现了破绽，他的那一扇就不会下得那么狠！

红衣人问，给我易容的颤九北可否处理干净了？

寻超说，这个你放心，他喝了老夫的"夺魂劫魄液"，又中了老夫的"丹青掌"，他即使有三条命，我想也活不成了！

红衣人大笑一声，寻大人真是滴水不漏。这次可多谢了寻大人！

寻超说，咱们还说什么外话？这一次可是委屈你了。不然，咱也不会借黄龙风的手除去那么多武林中人，给万岁解决那么多的后顾之忧。

红衣人说，这多亏了寻大人的妙计啊！

寻超说，当朝那么多万岁的眼中钉都让你给锄掉了，你才是万岁的大功臣哪！

红衣人说，这也多亏大人你呀！

寻超说，笑大人到了万岁跟前，可要多为我美言啊！

笑大人说，那是那是。来，咱们先喝个庆功酒！说完，笑大人举杯而尽。

寻超也举杯而尽。

接着就见寻超脸色大变，手捂胸口说了声，你在我酒里下了毒？

笑大人说，寻大人，你知道的太多了！

寻大人问，你为什么这样做？

笑大人说，寻大人，我让你死个明白。这是万岁的旨意！

寻超不相信，他指着红衣人说，笑透天，你这是在杀人灭口！

笑透天一掌击在寻超的后心，就见寻超口中喷出一股黑血，倒地而亡。

笑透天哈哈大笑。那笑声是那么熟悉，那么刺耳。黄龙风知道自己该现身了,便纵身跃到了笑透天的对面。

笑透天看到黄龙风,哈哈地笑了两声,黄镖头,你可什么都看到了?

黄龙风说,是。

你可什么都知道了?

是。

那你今天就别想活着离开这儿。

笑透天,你充当朝廷的鹰犬,恶贯满盈,我说过,我要你死在我的扇下。

笑透天哈哈大笑说,你的武功只及我的八成,你如若和你义弟公车联手方可和我战个平手,可你义弟在野狼坡被你杀死了,你凭什么赢我?

我凭的是正义,凭的是天理!

这个世界根本没什么正义和天理,正义和天理只不过是皇上统治你们的手段。你要是相信这世上有正义和天理,那太阳会从西边出来!

看来,血债只有血来偿了!说完黄龙风便抖扇而上,笑透天挥剑相迎。两人打了个天昏地暗。五十招过后,黄龙风明显处于下风,他知道该使自己的绝招了,便跃身而起,"临渊三扇"凌厉使出,没想到都被笑透天一一破解。笑透天说,在押解的路上,我把你的扇法进行了研究,特别"临渊三扇",我专门研究了破解之法。黄龙风,你还有什么绝招尽快使出,不然,你是死定了!

黄龙风大吃一惊,脸上现出了惊恐的神色。

笑透天说,我说过的,你杀不了我的,你永远也杀不了我的!说完笑透天举起剑就向黄龙风刺去。

就听哎呀一声,笑透天手中的剑掉在了地上。他转过了脸,吃惊地说,怎么是你?

背后一剑刺入笑透天的不是别人，正是黄龙风在野狼坡亲手杀死的义弟公车。

黄龙风望着在地上呻吟的笑透天说，笑透天，我让你死个明白。自从我接镖的那天起，我就知道这里面有一个阴谋。所以，在护送镖车的一路上，我当着你的面杀了那么多的武林同道，实际上我只是闭了他们的阳穴，目的是演戏给你看。我很明白自己，以我的功力，只及你的八成，我和义弟联手，也只能战个平手。要想战胜你，除非出其不意。所以我和义弟就在野狼坡给你演了一出双簧戏，目的是让你对我放松戒心，对我轻敌。实际上我最厉害的一招就是我义弟。黄龙风话音刚落，就见公车飞身而起，接过黄龙风抛在空中的金扇，"玉树临风""玉树琼枝""玉人归来"铺天盖地，直入笑透天的周身大穴。笑透天连连中招，一口浓血喷口而出，不一会儿就绝命而亡。

公车一挥金扇，笑透天的人头便滚落于地。黄龙风接过义弟递过的金扇。公车提起笑透天的人头，两人看了一眼紫禁城的方向说，走吧。

两人便消失于茫茫的夜色之中。

忘了给菜加把盐

头几天，妻子回娘家去了，家里只剩下了我。午饭本打算跟娘吃，由于赶稿子，错过了饭点，等到肚子咕咕叫时，才知道，饿了。

饿了就吃饭。吃啥呢？看看饭锅，饭很多，缺的是菜。看来，我只好自己动手，丰衣足食了。

在家里，饭菜都是妻子做，谦虚地说，我是很少插手。如今，只好赶鸭子上架了。

我切好了菜，然后，按妻子做菜的程序，先往锅里倒了油，油沸了，又加了佐料，佐料炒得差不多了，又倒入了青菜。熟了，就盛入盘内。

现在我就开始吃饭。闻着香喷喷的菜，我心花怒放，垂涎欲滴。

我细细品尝着我自己的手艺，香是香，可就是一点味也没有。我猛然想起，忘了放盐。

望着香气缭绕的菜，我的食欲却怎么也提不起来。此时，我恍然大悟：菜之所以好吃，之所以色味俱全，那是酸甜苦辣皆在其中。

这不由得使我想起不久前的一件事。一个叫杰的朋友来找我，他说他活得挺没劲。说起来他生活在一个很舒适的环境里，父亲是机关的干部，母亲是某个厂的厂长，他是独生子。需要什么，父母就想方设法地满足他，根本不需要他动手，在外人眼里，他活得很自在。可不知为什么，他却整天觉得很单调，很乏味。

他问我：这是病吗？

当时我也挺纳闷，心想，他这是什么病呢？如今我才知道：人活着就要品尝生活中的酸甜苦辣，就像麦苗，要想收获饱满的颗粒，必须经得起严冬的洗礼。生命也是如此，酸的甜的都尝了，咸的苦的都经了，才会明白生活的绚丽多姿。反之，就感受不到磨难后的幸福，艰辛过的欢乐，因为那是生命的大境界，人生的大快乐。

我想，我找到朋友杰的病根了，那就是：没往菜里加把盐！